CHARACTER FILE

e † Seven

柯羅

Age 17

「我想我需要一個新的執事。」

性格

黑萊大公國的夜鴉伯爵，個性暴躁易怒，常常掛在嘴邊的口頭禪是：「我想我需要一個新的執事。」、「來人啊！快把我的執事拖到斷頭台上！」多次試圖開除自己的執事換一個新的執事，但最後都被執事的厚臉皮打敗，繼續讓執事留任。最近的煩惱是發現自己越來越依賴厚臉皮執事的服侍。

C H A R A C T E R　F I L E

Misfortune † Seven

萊特·蕭伍德

Age 18

「伯爵今天要牛奶、熱茶還是我❤呢？」

性格

夜鴉伯爵的貼身執事，人生最大的動力和興趣是服務伯爵、照顧伯爵生活起居、當伯爵的迷弟、對伯爵prprprprprpr……擁有各式各樣的服侍技巧，號稱執事界天才小達人。最大的專長就是臉皮厚和泡牛奶，就算多次面臨被伯爵開除的危機，也能扒著伯爵的大腿不放，逼伯爵繼續留任。

C H A R A C T E R　F I L E

Misfortune † Seven

丹鹿·瓦倫汀

Age 19

「伯爵，請行使你的緘默權好嗎？拜託。」

性格

狩貓伯爵的貼身執事，個性嚴謹又負責任，每天的例行工作是餵貓、鏟屎、過敏、服侍伯爵、被伯爵騷擾、被貓咪騷擾、再次向伯爵提出辭呈、被伯爵（強制）慰留、被迫繼續餵貓、鏟屎、過敏、被伯爵騷擾、被貓咪騷擾。最近的困擾是伯爵不願意行使緘默權。

CHARACTER FILE

Misfortune † Seven

榭汀

Age 20

「親愛的，要不要讓我行使你的初夜權？」

性格

黑萊大公國的狩貓伯爵，優雅從容，同時也輕浮調皮，最愛開自己的執事玩笑，時常要求行使執事的初夜權。貼身執事多次要求辭職告老還鄉去種田，但都被伯爵「好心」慰留了。宅邸裡養了很多隻貓，每隻貓都跟伯爵一樣喜歡騷擾牠們餵食者和鏟便便者——執事丹鹿。

GOBOOKS
& SITAK
GROUP ©

GOBOOKS
& SITAK
GROUP©

三日月書版

三日月書版

輕世代 FW332
8
著 碰碰俺爺
畫 woonak
MISFORTUNE † SEVEN
夜鴉事典
曉伏夜行
三日月書版

夜鴉事典

Misfortune † Seven

CONTENTS

CHAPTER 1

暹羅魚

蠍子拖著孱弱燒焦的軀體在地上爬行，一路留下了焦黑的痕跡。牠鑽進牆角，深入冷清的小巷弄內，最後進了一間早已廢棄許久的倉庫。

倉庫裡空蕩蕩的，中間放著一張桌子，桌上則放著一座玻璃魚缸。

紅髮男巫穿著奢華正式的三件式西裝，獨自坐在和這間倉庫格格不入的小牛皮沙發上，手指輕敲著桌面，沉默地望著魚缸裡顏色鮮豔的魚群。

魚群有著華麗魚鰭和魚尾，像大片的紅色薄紗一樣遮著牠們的軀體；但如果仔細觀察，會發現其中有幾隻魚的顏色相當深沉，魚鰭和魚尾也沒其他隻魚來得飽滿豐潤，而當牠們甩動魚鰭和尾巴時，隱藏在底下的是連在一起的兩隻畸形魚身。

這些是暹羅魚，牠們共享一個靈魂，就像你們一樣。

第一次看到暹羅魚時，賽勒還記得那位如毒蠍般美麗的母親就在他們身旁，對著當時還年幼的他與朱諾這麼說。

賽勒對幼年的記憶已經有點模糊了，不過沒記錯的話，當時他和朱諾還感情很好地手牽著手，天真無知地同聲詢問——

我們也會像牠們這樣永遠在一起嗎？

他們當時多想永遠在一起。

然而母親卻一臉古怪地看著他們，像是聽到什麼笑話一樣，捧著肚子哈哈大笑，接著一把撈出魚缸裡的畸形暹羅魚，丟在白色的餐盤上。

看似是一隻，其實卻是兩隻的暹羅魚在餐盤上跳動，魚嘴無助地一開一闔著。他們的母親拿出精緻小巧的水果刀，嘲笑似地勾著嘴角。

當然不會了！小蠢蛋們。

然後一刀下去——

砰、砰、砰！

賽勒抬頭，大門傳來的聲響打斷了他的回憶。幾個穿著西裝的男巫們魚貫著推門而入，並在走進倉庫後露出了極為失望的表情。

「搞什麼？現在是流行在垃圾堆裡舉辦巫魔會嗎？」走在前面的年輕男巫踢

開了地上的垃圾袋。

「這太不尊重人了。」男巫們不滿地竊竊私語著，他們像是一群進了糖果店，卻發現糖果已經賣完的屁孩。「沒有舞臺、沒有音樂、沒有假月亮、沒有巨牛雕像，也沒有寵物們……賽勒，沒了你兄弟之後，你連巫魔會都不會辦了嗎？」

人人都知道針蠍家的雙子男巫所辦的巫魔會不該是如此，但自從有謠言指出針蠍家的朱諾離開了他的兄弟自立門戶後，本該定期舉辦的巫魔會就開始不斷延期。

好不容易，流浪男巫們盼來了新一輪的巫魔會，到場後卻看到如此破敗空虛的場景——看來朱諾離去的傳聞並非空穴來風。男巫們互相以眼神示意。

「如果以後巫魔會都是這樣，我認為巫魔會該換主人了。」一名男巫說。

面對嘲諷，賽勒面不改色地站起身，整了整西裝後道歉：「抱歉，我的錯，沒有能力直接將巫魔會的舞臺整個搬過來，確實有失我們針蠍家的顏面。」

不像他的兄弟，賽勒坦然道歉的態度反而讓那群男巫們一時不知道怎麼回應；如果今天換成了是他的兄弟朱諾，他們恐怕要在原地當場上演一場唇槍舌戰，也許還會有多人傷亡。

沒了他的兄弟，惡毒的針蠍或許只是隻帶著繡花針、弱小無害的生物而已。男巫們心想，看著針蠍賽勒的眼神也輕蔑了幾分。

「讓我補償你們。」賽勒誠懇地說。

「如何補償？」

「用鮮血與美酒。」

語畢，賽勒拍了拍手，原本只放著魚缸的桌面出現了一把銀色小刀、白色瓷盤、幾瓶白酒及酒杯。

賽勒將魚缸裡的暹羅魚撈出，被撈出來的暹羅魚在盤子上跳動著，兩隻連黏著的畸形魚身看起來想往兩個方向逃竄，但緊緊相黏的身體使牠們動彈不得。

「雙子魚？」幾個男巫盯著餐盤上跳動的魚道。

暹羅魚又名雙子魚，傳說這種魚種的鮮血可以為女巫及男巫帶來歡欣愉悅之感，但唯獨只有雙子才培育得出這種魚類，是非常罕見的生物，就跟夢蜥家的悲傷安東尼一樣稀有。

賽勒沒有回答，只是看著瓷盤上的暹羅魚說：「我將切割你們的靈魂，讓你們回歸一體，為了報答我的恩惠，你們將犧牲其中之一，為我的客人帶來喜悅與歡欣。」展示似的，他拿起桌上的銀製小刀，一刀落下，就像他母親當初做的一樣，把連在一起的雙子魚切成了兩半。

瓷盤上，原本跳動著的魚身被分成兩半，透著螢光，半透明狀的綠色血液從分割處流進盤中，兩隻雙子魚奄奄一息地躺在上頭，嘴巴一張一闔。

賽勒注視著盤中的兩隻魚，最後選了掙扎較為激烈的那一隻丟回魚缸裡，剩下一隻則留在瓷盤上，直到鮮血流盡。

「真是可惜了這些珍貴的魚。」幾個男巫們發出惋惜聲，他們看著被丟入魚缸中的「半隻魚」，水缸裡的魚群似乎打算去啃食牠的屍體了。

「別擔心，牠會再度悠游的，雖然只有其中之一而已……」賽勒注視著盤中了無生息的另一半暹羅魚道，「而剩下的那隻，將會奉獻牠的生命為尊貴的客人們帶來喜悅。」拿起白酒一一倒滿酒杯後，他將暹羅魚的血液也倒入白酒中。

透明的白酒沾上了綠色的魚血後開始發出螢綠色光芒，一閃一閃地，詭異又帶著某種誘人的絢麗。

「各位朋友們，請享用。」賽勒微笑著向流浪男巫們遞出白酒。

高傲的針鰹男巫端出了這樣的寶物分享，算是非常有誠意了。流浪男巫們面面相覷，最後紛紛伸出手，接過酒杯並飲用起來。

當男巫們喝下了參雜著暹羅魚鮮血的白酒後，原本還保有日光的倉庫竟然瞬間昏暗下來，有如黑夜到來。

賽勒又拍了拍手，明亮的月光忽然從上頭撒了下來。

男巫們抬頭，上面竟有一顆巨大的圓月緩緩落下，並非人造的假月亮，而是真實的，從天空上掉落下的月亮。

除此之外，原先空蕩蕩的倉庫還冒出了巨大的黑色銅牛雕像，音樂、燈光和一櫃一櫃的美酒矗立，針蠍的人類寵物們也湧入了倉庫。

冷清的巫魔會頓時變得奢華又熱鬧，流浪男巫們的情緒也被提到巔峰，無法克制的狂喜和興奮流淌在血液中。

隨著震耳欲聾的音樂，流浪男巫們開始和針蠍家的人類寵物們跳起舞來，舉杯不斷喝著鮮美的酒水，開心高唱。

平常性格冷淡的賽勒更是降低了身段，忙碌且謙卑地穿梭在其中服侍著他們。

也由於男巫們太過沉浸在熱鬧氣氛裡，以致於他們都沒注意到有幾隻綠色的小蠍子從他們衣服裡爬了出來，也沒注意到真正的賽勒本人其實還坐在他的小牛皮沙發上。

一切都只是幻影。

賽勒的手指持續在桌面上輕敲著，叩叩叩，在安靜的倉庫內發出清脆聲響。

「一群蠢蛋。」他雙手環胸，歪著腦袋凝視著眼前的流浪男巫們。

中了蠍毒的男巫們正在空無一人的倉庫裡和空氣跳著舞，一邊用手上的破鐵罐喝著內容不明的汙水。

盤中的暹羅魚躺在那裡沒有動靜，牠的鮮血匯集在瓷盤中還沒被奉獻出去。

賽勒是不可能將自己細心養育的生物奉獻給一群蠢蛋的——他將瓷盤裡的鮮血全數倒入了眼前的玻璃酒杯中，再加上白酒。

賽勒搖晃著酒杯，看著珍貴的魚血在白酒散發出瑰麗的綠光，他微笑，正準備飲用時，一隻被燒得幾乎焦黑的蠍子緩慢地爬上了桌面，一跛一跛地爬到賽勒手邊。

賽勒放下酒杯，訝異地看著自己的信使。

「發生了什麼事？」賽勒將蠍子接到手上，輕聲詢問。無奈蠍子早已癱軟在他掌心中，動也不動，只剩一口氣。

賽勒嘆了嘆氣，伸出手指輕輕地撫上蠍子的腦袋，哄孩子似地安撫了幾聲後道：「螫我一下，靈魂永遠與我同在。」

蠍子聽著賽勒的話，用盡了牠最後的力氣抬起尾巴，用螯針刺了賽勒的手掌一下後便翻肚死去。

賽勒面無表情地注視著掌上的傷口，繼續念道：「現在再度睜開眼，讓我看到你所看到的一切。」

語畢，聚集在賽勒傷口上的黑色毒液開始擴散，從手掌一路蔓延至臉上，最後入侵了他的眼球。黑色毒液染黑了賽勒的雙眼，但他毫不在意，深吸了口氣後，他閉上眼，用手支著下巴平靜地等待著。

沒過多久，賽勒注意到原先漆黑的視野內逐漸出現了白光，就像老舊電視的雜訊一樣，待雜訊退去，畫面便清晰地浮現出來。

賽勒先是看見了磁磚地板、馬桶，而後是一座浴缸。他看見自己身處在一間陌生的浴室內，而浸泡在浴缸裡的，正是他失聯了好幾天的兄弟，朱諾。

全身赤裸的朱諾正泡在水裡歇斯底里地哈哈大笑，興奮而狂喜，就像那些中了他巫術的男巫們一樣。

接著浴室的門被打開。在被來人發現前，他的視野移動，鑽入了浴缸之下。

從浴缸的縫隙間，賽勒看見了打開門的人——那是一個金髮的娃娃臉男巫，他一臉不悅，逕直走向還在浴缸裡捧腹大笑的朱諾。

「起來，朱諾，我們該走了。」金髮的男巫說。

「亞森！你都沒看到我用教士的身體做了什麼惡作劇，一切真是太精彩了，你應該看看現場直播的！」朱諾激動地說著，他太過興奮，身上開始微微冒著奇怪的黑煙。

賽勒認得那抹黑煙，傳說吸食了白鴉葉的巫族會從身上冒出帶有焦味的黑煙。

「我不在乎，快挪動你的屁股！」金髮男巫一臉不耐煩。

「我想我害暹貓家的祖孫反目成仇了，他們的貓咪在打架，老太婆還摔在地上，小貓咪那張震驚的臉簡直經典——」朱諾笑到流了眼淚，完全沒有起身的意思，他還一把抱住站在浴缸旁的男巫，打算拖對方下水。

金髮男巫不高興了，發出如野獸般的呼嚕聲，嬌小的身型逐漸膨脹，轉眼間變成了一隻巨大壯碩的花豹。花豹張嘴就咬住朱諾的頸子，很不客氣地猛甩著，更直接將他甩出了浴缸外。

無視身上被利齒咬到滲血的傷口，朱諾竟躺在磁磚地上繼續發笑，接著他伸手一個響指，讓匍匐在浴缸上的花豹噗通一聲掉進了浴缸裡。

伴隨著呼嚕呼嚕的吼聲再度響起，掉進水裡的花豹掙扎著爬了起來，牠瞪著

「你這王八蛋！」

地板上瘋狂大笑的朱諾，撲上前就將對方往地板上重重一甩。

這次朱諾的額頭撞上了地板，終於沒了笑聲。

閉著眼的賽勒忍不住用手撥開自己的劉海，摸起了額頭。難怪昨晚他的額頭忽然腫了一塊，到現在都還留著瘀青，當時他還在疑惑為什麼——看來答案揭曉了。

焦點回到眼前畫面，幾秒鐘的沉默過去後，盛怒中的花豹終於慢慢變回了人形。衣服已經被自己撕裂，全身赤裸的金髮男巫蹲坐在朱諾身邊，好一會兒才回過神。

「糟了，太失態了。」好半晌，金髮男巫才發出聲音，深吸了口氣，緊張地伸手去探朱諾的鼻息，直到確認對方沒事後才鬆了口氣。「嚇死了，好險沒死。」他自言自語，四處張望，最後鬼鬼祟祟地把朱諾推到了浴室外的地毯上，然後把人用地毯捲了起來。

「包一包再丟進車裡應該就不會被發現了……」金髮男巫喃喃說著。

他再度變身成巨大的花豹，這次他輕輕張開嘴，小心翼翼地叼起了昏厥的朱諾，一路將人帶離浴室。

賽勒也從浴缸底下鑽了出來，迅速地跟著跑出了浴室，只可惜當他來到走廊上時，花豹和朱諾早已不見蹤影。

跟不上對方，賽勒決定換個目標，在輾轉探訪了幾個房間和臥室後，他一路爬下樓梯，最後來到了客廳。

一對父子正坐在客廳裡看電視，他們臉上掛著一種奇怪的笑容，同時淚流滿面。賽勒像是被迷住了似的，在那裏逗留了好一會兒，直到有腳步聲出現他才慌忙移動。

越過那對詭異的父子，賽勒的視野直接前往廚房，一片鬆餅從餐桌上掉下，差點砸中了他，不過還是讓他順利躲開了。

他一路鑽到了流理臺下，悄悄地窺視著來人。

由於角度的關係，賽勒只能藉由蠍子的視野看到對方穿著一雙黑亮的皮靴，正跟著一名站在廚房裡的女人對話。

「媽咪，夠了，孩子們已經吃飽了。」穿著黑皮靴的男人說：「現在，回到房間去，唱首搖籃曲給妳的孩子聽，然後你們就可以一起入睡了。」

女人沒有應話，男人則在留下幾句話後轉身離開。

此時，屋內開始飄出一陣黑白交雜的煙霧。

賽勒這才爬出流理臺，當他一抬頭，只見廚房裡已經燃起了熊熊大火，淚流滿面卻帶著微笑的女人快步從他身上跨過，一路往樓上去。

在大火之下，蠍子避過燃燒的地毯，在地上彎彎曲曲地爬行著，一路追著剛才的黑皮靴男人而去。

那傢伙到底是誰？賽勒亟欲知道答案，他的心思隨著蠍子的視野一路鑽出大門門縫，但就在他要追上那個男人時，卻聽見對方說了句：「不，別想得逞。」

什麼？

賽勒看見黑皮靴的男人轉身，在他看清對方的長相前，對方先一步朝他伸出了手。

轟地一聲，賽勒的視野熊熊燃燒起來——

「噢！」賽勒按著發燙的雙眼痛呼。

等他睜開眼睛時，蠍毒的毒素已經隨著因疼痛而泛出的淚水消散。他眨著刺痛的雙眼，用拇指抹掉不斷流出的黑色淚水。

「那個混蛋……」賽勒不悅地瞪著桌上散發著焦味的蠍子，這下他總算知道信使為什麼會以這樣的姿態爬回來了。

失聯了好幾天的朱諾一直謊稱自己在跟寵物一起玩樂，事實顯然不是如此。

賽勒握緊拳頭，他很了解他兄弟的個性，朱諾是個相當自我中心的人，他一直都是他們兄弟倆之間最任性的那個。從以前開始，朱諾就常常隨意失聯個幾天，迴避掉他身為巫魔會主人的職責，帶著他的寵物四處玩耍，留下賽勒一人處理大小事，絲毫不顧針蠍家的榮譽和顏面。

但只要朱諾在巫魔會舉行前按時回來，協助他一起舉行巫魔會，賽勒向來都是睜一隻眼閉一隻眼的狀態。

這次朱諾不但離開了好幾天，也沒有在巫魔會舉行之前歸來，讓賽勒被迫將預計舉行的巫魔會延宕了幾天，最後才不得已用巫術舉行了一場虛假的巫魔會。

賽勒一直試圖要聯繫上他的兄弟，朱諾卻有意無意地迴避他，他們的蠍子甚至不再交談，這讓他不得不派出手下的蠍子去追查朱諾的下落。

事實證明，朱諾並不是跟他的寵物在一起，而是跟兩個自己不熟知的流浪男巫在一起，其中一個他甚至來不及看清樣貌。

朱諾不僅說謊騙他，還背著他吸食起白鴉葉——看來朱諾不僅不在乎針蠍家的榮譽，也不再在意他這個兄弟的顏面了。

賽勒冷漠地瞪著瓷盤上動也不動的暹羅魚屍體，牠的另一半沉在玻璃魚缸的缸底，兩者看似都已經了無生息。

從何時開始他和朱諾變成這樣的呢？賽勒已經想不起來了。

「這應該是我經歷過最棒的巫魔會了，繼續保持下去，賽勒，也許你之後就不需要你的兄弟了。」一個在原地轉圈圈的男巫對著空氣說，他幻覺裡的賽勒正畢恭畢敬地對著他鞠躬。

「對，反正你的兄弟是個粗魯又瘋狂的神經病。」另一個男巫正對著地上的垃圾袋說話。

真正的賽勒坐在原位，冷漠地望著這群集體中毒的男巫，他輕拍手掌，男巫們手中的汙水再度被盛滿，尤其是說了他兄弟壞話的那個人，自己加碼送了隻死老鼠。

朱諾確實粗魯又瘋狂，不過針蠍家的事還輪不到一些隨隨便便的流浪男巫來評論。

賽勒看著男巫們喝下他加了料的髒水，還一副津津有味的樣子，看來明天這些傢伙會在廁所裡悲慘地度過。

冷笑了幾聲，賽勒將手上泛著綠光的白酒一飲而盡，他盯著水缸裡奄奄一息的那隻暹羅魚。

這樣下去不行。

賽勒暗忖著，朱諾已經越來越難控制了，要是繼續放任他和他的狐群狗黨亂來，最後可能會害到自己和整個針蠍家族；然而只要他們還共享著一個靈魂的一天，他們就會像暹羅魚一樣，渴求往反方向跳，卻永遠被綁在一起，互相影響。

「必須想點辦法……」賽勒自言自語著，他的小蠍子們全都爬到他的肩膀上，彷彿在幫他一起想法子似的。

沒有馬上做出結論，賽勒拿起瓷盤，將盤中的暹羅魚屍體倒入玻璃魚缸中。

魚屍一路往下沉，而魚缸裡的另一半暹羅魚則動了幾下尾鰭，往牠的連體兄弟游去。

乍看之下，活著的那隻暹羅魚像是靠在牠兄弟身上默哀，但牠其實正張著嘴，大口大口地吞噬著兄弟的血肉。而當牠逐漸將牠兄弟的血肉吞噬下肚，牠被削掉的皮肉也慢慢長了出來，換上一層更亮麗的魚皮，以及豐美飽滿的鰭翅。

沒有花多久時間，原本奄奄一息的暹羅魚靠著另一半兄弟的血肉，恢復成原本美麗健康的模樣，就跟魚缸裡其他單獨悠游的健康暹羅魚一樣。

賽勒看著那隻重新在水缸裡自由自在悠游的暹羅魚，靈魂被分割，沒了連體兄弟負擔的牠似乎變得比以前更加強壯美麗了。

「嗯，你們也認為我該擺脫掉我的麻煩了是嗎？」賽勒繼續自言自語著，他肩上的小蠍子舞動著。

賽勒笑了幾聲，暹羅魚血的作用大概開始生效了，因為他肩上舞動的小蠍子竟然開始唱起歌來，合音著勸他應該自在地悠游。

事實上，蠍子從不唱歌。

「好吧，也許是時候了。但這是個大工程，我們可能還需要一點額外的幫助……別擔心，我相信對方會幫忙的。」賽勒伸了伸懶腰，坐回小牛皮沙發上，幾隻小蠍子爬到桌上團團轉著，其中幾隻還換上了小禮服。

看來魚血的效果有點強烈。

賽勒靠在沙發上，抬頭看著天花板，「只是在出發自討苦吃之前，我們還是先享樂一下吧？」

那顆他用幻覺製造出來的月亮如此大顆，如此真實。

CHAPTER 2

掉落

地獄內被黑沙和鬆餅填補得滿滿的，兩條白線從地獄邊緣上穩穩地垂掛下來，一路掩埋進黑沙及鬆餅海中。

幾秒鐘的寂靜之後——

「噗哈！」

金髮教士從黑沙裡探出了頭，靠著那條救命的白線奮力爬出黑沙和鬆餅堆，另一手緊抓著下面的黑髮男巫不放。

「抓緊你的繩子，柯羅！威廉在拉我們回去了！」萊特急忙幫柯羅撥掉他臉上的黑沙和鬆餅。

柯羅大聲咳嗽著，咳出了一堆黑色細沙，好不容易才和金髮教士一起從黑色的沙漠中爬出。

他們順著手上的白線，一路往頭頂上雷聲大作的地獄邊緣攀爬。

白線看起來如髮絲般纖細，卻牢牢地撐住了萊特和柯羅的重量。他們像兩隻小蜘蛛一樣緩慢地被往上拉，逐漸遠離地獄。

柯羅望著底下，黑沙不斷湧入了困住他的廚房內，然後淹沒了那扇他一直開不了的門，女人和少年的聲音已經完全被黑沙掩蓋了，無聲無息。

那只是幻象而已。

雖然柯羅不斷告誡著自己，腦海裡依然重複浮現女人和少年被黑沙淹沒的景象。他終究沒能打開那扇門，救出少年。

「嘔……這鬆餅吃起來像棉花一樣。」

萊特的聲音喚回了柯羅的注意力，他抬頭一看，和他一樣懸掛在空中的金髮教士正拿著一片撿來的鬆餅往嘴裡塞。

「你是狗嗎？不是才說不吃鬆餅了，幹嘛還撿來吃？快吐出來！」要不是他們中間有一段距離，柯羅大概會衝過去把萊特嘴裡的東西挖出來。

萊特綠著臉吐出了鬆餅。

「我只是想趁離開之前，吃吃看地獄裡的食物是什麼味道嘛。」萊特一臉無辜地說：「至少這下子我們知道地獄的鬆餅吃起來像棉花，糖漿吃起來像漿糊的味道了。」

「你怎麼知道漿糊是什麼味道?」

面對柯羅的質問,萊特露出了一個很蠢的笑容回答。

太好了,他的搭檔是個吃過漿糊的蠢蛋。柯羅翻了個白眼,他不再往下看,而是往上方看去。

地獄邊緣一下近在咫尺,黑色亡魂像烏雲一樣飄浮在空中,雷聲轟隆作響,如同極光般的螢綠光線在黑影中閃動著。

「小心點,我們要回到地獄邊緣裡了,那個傢伙在裡面。」柯羅警告萊特。

萊特跟著往地獄邊緣裡看,隱藏在大量的亡魂間,隱約能看見那個巨大的使魔在其中逡巡著。

在把他們送進來時,威廉曾告誡過他們千萬別被地獄邊緣裡的亡魂抓到,也千萬不能被在地獄邊緣裡悠游的伏蘿發現,不然牠很可能會吃掉他們——

萊特和柯羅互看一眼,兩人吞了口唾沫,屏氣凝神地緊抓著救命繩索。

「聽好，萊特，抓好你的繩索，在你被完全拉回現世之前，不要出聲，也不要四處張望，最好不要呼——」柯羅警告萊特，但他的話還沒說完，轟隆一聲，他們被迅速拉進了地獄邊緣裡。

威廉在收線了。

萊特不曉得上面發生了什麼事，但威廉的線收得又急又快。一進入地獄邊緣，萊特和柯羅像是被拖回了暴風圈般，周圍狂風呼嘯，亡靈的哀號聲四起。他們懸掛在細小的絲線上，被風吹得四處晃動。

緊抓著救命繩索的萊特偷偷睜眼觀察狀況，柯羅懸掛在附近，全身黑的柯羅看起來像跟地獄邊緣融為一體了。

萊特知道自己不該四處張望，但他就是忍不住回頭去確認柯羅有沒有跟上。詭異的綠光不斷地飄遠又飄近，彷彿已經嗅到了什麼不對勁的氣味，牠正四處尋找著這兩個不速之客。

好在萊特和柯羅已經接近了現世，當他們抬頭往上看時，黑暗逐漸退去，光明乍現，而當初他們掉入的黑色大門還矗立在原地。

就快到了！

萊特低頭朝著柯羅微笑，卻發現柯羅一臉錯愕地望著上頭。

忽然間，大門外傳來了絲蘭的吼聲：「快住手！不要打斷儀式，再這樣下去萊特和柯羅會回不來的！」

萊特再度向上望去，不知道發生了什麼事，但此刻的現世似乎陷入了一團混亂。他聽見貓先生大吼著柴郡的名字，大貓們在互相叫囂，而原本拉著他們的救命繩索忽然停住了。

萊特不安地瞪著那停滯的白線，一股不好的預感襲上心頭。

幾秒鐘的沉默後，他們聽到絲蘭吼了聲——「你的頭髮斷了！威廉！」

「不——」威廉喊了聲。

接著，像是驗證了他的預感，萊特眼睜睜地看著原本垂掛著柯羅的白線無預警地從中斷落。

「萊特！」

倉皇之中，柯羅下意識地對萊特伸出了手，但就在萊特也伸出手準備回抓之際，他整個人落入了一片漆黑的地獄邊緣中。

「柯羅！」萊特對著底下大喊，但柯羅早已不見蹤影。

「不、不！」威廉懊悔的聲音不斷從大門外傳來。

「你這蠢蛋！」絲蘭的聲音再度出現。

「我、我不是故意的……現在該怎麼辦？」

「在這樣下去我們兩個都會丟掉的，先把小蕭伍德拉上來再說！」絲蘭喊道。

當絲蘭的話音一落，原本停滯的絲線便再度往上移動，將萊特不斷拉往黑色大門，遠離柯羅掉落的地獄邊緣。

不，不可以！柯羅還沒上來！

原本還處在震驚中的萊特看了眼即將抵達的大門，又看向底下的地獄邊緣，他回過神來倉促地喊叫：「不！柯羅還在下面！我們不能丟下他！」

萊特不知道自己的聲音有沒有傳過去，絲線稍微停止了拉動，但很快地又再繼續上升。

「蕭伍德！我們現在是救不了柯羅的，一條繩索沒辦法承受兩個人的重量，你先上來再說！」絲蘭的聲音再度傳來，他確實聽見了萊特的話。

「等等！再丟一條繩索下來給我呢？拜託再給我一點時間，讓我回去找——」

「不行！現在上面的狀況一團亂，我們沒時間再弄一條繩索下去……」

上面發生了什麼事？

「但我不能丟下柯羅！」萊特再度看向一片漆黑的地獄邊緣，柯羅就在裡面的某處，一個人。

「小蕭伍德，不要任性了！再這樣下去你也會跟著柯羅一起迷失在地獄邊緣裡，還可能會被伏蘿一口吞掉，別幹蠢事！」絲蘭聽上去發怒了。

拉著萊特的繩索的力道忽然加強，像是要逼迫他趕緊上去。

「萊特，伏蘿已經在伺機而動了……你快點上來！」威廉也出聲了，帶著些許哽咽。

腦袋一片空白的萊特瞪著敞開的黑色大門，咬了咬嘴唇逼自己動起腦來——想！快想！萊特・蕭伍德，快想想現在該怎麼辦！

萊特的視線在即將抵達的黑色大門和地獄邊緣間逡巡，地獄邊緣裡隱約能看見那隻像嗜血鯊魚一樣悠遊的使魔。

半晌，萊特扯住了不斷將他往上拉的救命繩索。

「等等！我想到一個方法了！」萊特不願意再讓威廉將他拉上去，「再給我幾分鐘的時間……十分鐘！十分鐘就好！」

「萊特，慢著——」

「威廉，蕭伍德那個蠢蛋在幹什麼！」

「萊、萊特在解開他的繩子……」

「萊特・蕭伍德，我警告你，別讓我們白費力氣——」

「聽著，我真的覺得這個辦法可行，給我十分鐘就好！十分鐘後，照我說的話去做！」萊特詳細交待了他心中剛成形的計畫，然而這計畫只讓絲蘭更生氣了。

「你這是在找死！小蕭伍德，你以為你運氣能好到隨便想的爛點子都能成功嗎？一個不小心你的靈魂會被撕成碎片，到時任何方法都救不了你！」絲蘭幾乎是咬著牙在說話。

「我必須試試！」顯然萊特沒有聽進半句勸。

「你會和柯羅一起陪葬的！」

「不！我們才不會，別這麼刻薄，不然我就和學姐告狀！」

「你——」

「萊特……」威廉的線依然緊扯著萊特的小指。

「別擔心，我會沒事的。」在完全解開指頭上的繩子前，萊特看向大門提醒他們：「但是……為了以防萬一，要是我們真的沒順利回來，請告訴榭汀，里茲的八字鬍就是快樂瑪麗安。」

「什麼？」絲蘭發出了不可置信的聲音：「你真的打算——」

「從現在開始計時十分鐘。」萊特對了對自己的手表。

「萊特！不！」

「祝我好運！」

不顧威廉的阻擋，萊特深吸了口氣，解開手指上的救命繩索，然後尖叫著一路掉回了地獄邊緣裡。

空蕩蕩的黑暗空間裡只剩下他的叫聲在迴盪。

懸在空中的黑色大門在絲線完全斷掉後，啪地一聲闔上，並消失在完全的黑暗中。

柯羅不敢相信自己的繩索斷了。

究竟為什麼？發生了什麼事？

雖然他墜落時還緊握著手上的絲線，但墜落速度太快了，萊特沒抓住他，他只能眼睜睜地看著萊特離自己越來越遠。

完蛋了，他要摔回那個永遠出不去的廚房裡了。摔回地獄邊緣裡時，柯羅的恐懼瞬間侵襲了他的全身。

「不准摔回去那個鬼地方！」

柯羅肚子裡的聲音發出了怒吼，但柯羅已經被其他恐懼占據了所有思緒，在不停墜落的慌亂下，他胡亂施展了巫術，試圖想抓住什麼讓自己停止下墜；然而身處在地獄邊緣暴風圈中的他只能隨著亡魂的亂流四處旋轉，而他身上發出的火花和亮光也不斷地吸引著亡魂。

黑色影子不斷聚集在柯羅身邊，柯羅就像吸引魚群的魚飼料，身體被四面八方的亡魂拉扯著。

柯羅諷刺地想著，也許他會在摔回去前先被亡魂撕裂成碎片。

那些冰冷濕涼的黑色手腳攀到他身上，像是抓住浮木的溺水者，把他不斷往下拉。

「讓我上去！」

「我想跟他說最後一句話！」

「媽咪！我想見媽咪！」

「求求你！」

嘈雜的聲音在柯羅耳邊哀號、哭叫著，柯羅慢慢覺得自己無法呼吸了，他用巫術施展出的亮光也像煙火般逐漸暗去。

他的靈魂要淹沒在這裡了。

「不！我才不要因為你們的胡搞瞎搞而死在這種鬼地方！」

「放我出去！你這個沒用的小王八蛋！」

就在柯羅幾乎要放棄時，他肚子裡的傢伙卻開始掙扎起來。

柯羅聽著使魔的咒罵聲，忍不住想笑，因為這大概是他第一次感受到強悍的蝕如此慌亂。

蝕則沒料到自己會因為萊特和柯羅的魯莽決定而落得此下場。

「讓我出去！」

「你又無法在地獄邊緣裡移動，我們逃不了的。」柯羅嘲笑牠。

「我不在乎！」

「我也不在乎。」柯羅閉上眼，沒再理會蝕的叫喊。

這或許是最好的結局，讓他帶著蝕這個麻煩被吞沒在地獄裡。柯羅試圖在靈魂被淹沒前看開點，但他仍對將要發生的一切感到焦慮。

等到他的靈魂被這些亡靈撕裂，等到他現世的身體正式死亡，等到真正的黑暗來臨，等到他再度睜開眼——柯羅恐懼的是，他會不會再度回到那個廚房裡，一輩子看著那扇永遠打不開的門，但這次萊特可不會再帶著他那愚蠢的笑容鑽進門裡……

柯羅往下沉去，直到一隻手用力抓住了他的領帶。

柯羅反射性地睜眼，正準備迎接一片黑麻麻、空洞又陰森的恐怖大臉，然而他眼前看到的卻是——

「抱歉、抱歉，借過一下，謝謝……噢！別抓我頭髮可以嗎？」

柯羅瞪向抓著他領帶的手，在一片漆黑的亡魂中，那隻手顯得特別明亮，指甲圓潤又有光澤。由於那隻手很常在自己面前晃，以及動不動就皮癢地想戳他的臉的關係，柯羅一下子就認出了那隻手是誰的。

柯羅以為自己再也見不到萊特了，可是沒想到，萊特會帶著那種愚蠢的笑容鑽進亡魂堆裡，再次把自己拉向他。

「萊特！」柯羅訝異地瞪大了眼。

「太好了！找到你了，好險我剛剛有看到你放出來的亮光。」萊特抱住柯羅。

他們依然在地獄邊緣裡旋轉，就像從飛機上跳下來的兩個跳傘員一樣——只是跳傘員身邊不會有一群粗暴地抓著他們頭髮和衣服的亡魂。

萊特拍開了幾隻不禮貌的手後，柯羅一把抓住了他的手腕。

「你做了什麼？」柯羅不可置信地看著萊特空蕩蕩的手指，「你的繩索呢？」

「我放掉了。」萊特說，好像他只是放掉了衣服上的線頭一樣。

「你為什麼要放掉繩索！」柯羅抓著萊特搖晃：「你是不是吃漿糊吃到腦袋

壞掉了？」

「不放掉我要怎麼下來找你？」萊特理直氣壯地問，彷彿吃漿糊吃到腦子壞掉的人是柯羅一樣。

柯羅張嘴，不知道該生氣還是該笑，好半天才擠出幾個字來：「那就不要下來找我！」他真想把萊特腦袋裡的漿糊倒出來，「現在連你也回不去了要怎麼辦？你到底在想什麼！」

「當然是讓我們兩個人都能回去！」萊特想起什麼似地瞪大了眼，反抓緊柯羅的手臂：「聽我說，我有個計畫！」

「什麼計畫？」

柯羅皺眉，當萊特說他有計畫時，絕不是什麼好消息。他嚴正懷疑萊特會要他們做一些很瘋狂的事，比如捲起袖子和褲管和他一起游出地獄邊緣，或是騎著亡魂飛到現世之類的——

「我可不要騎乘亡魂。」柯羅拒絕。

「什麼？」萊特歪了歪腦袋，沒有太在意柯羅的幻想，他瞄了眼手表然後說：「我們只有十分鐘，但如果動作夠快，運氣夠好的話——」

萊特還沒說完，兩人耳邊瞬時雷聲大作，詭異的綠光透過黑暗縫隙照射進來，像月光一樣灑在他們臉上。巨大的影子擺動著牠修長的雙腿一路游來，原先纏在萊特和柯羅身上的亡魂頓時像受到驚嚇的魚群，轟地一聲四散開來。

可惜還是有幾個亡魂逃得不夠快，萊特和柯羅眼睜睜地看著那個熟悉的身影逼近，張嘴，然後一一將那些亡魂吸進自己肚子裡。

萊特和柯羅在原地漂浮旋轉著，在擋在他們面前的亡魂全部散開或被毫不留情地吃掉後，出現在他們眼前的，是那隻相貌纖細而美艷、與威廉有幾分神似的使魔——伏蘿。

「哈！我就說有什麼東西混進來了。」伏蘿用牠肥厚而粗大的舌頭舔過嘴唇，居高臨下地盯著萊特和柯羅。

柯羅和萊特緊緊依偎在一起——不妙，非常不妙，他們被發現了！

「我有一杯聖代～我喜歡我的聖代～但有一天，有人灑下了彩色糖霜～我更喜歡這些彩色糖霜～」伏蘿心情很好地哼著奇怪的歌，牠交疊著雙手，嘴角幾乎咧到耳邊，看著被牠困在眼前的萊特和柯羅。

萊特和柯羅不再繼續墜落，伏蘿似乎控制著整個地獄邊緣，牠將他們困在眼前，哪也跑不了。

「我不知道使魔會唱歌。」萊特發出了驚嘆聲。

「這個不是現在的重點！」柯羅白了萊特一眼，伸手將對方護在身後。

「亡魂們是我的聖代～而你們——你們就是我心愛的彩色糖霜～」伏蘿咯咯地笑了起來，並伸出手指往柯羅和萊特頭上一點：「你是黑色的糖霜、你是金色的糖霜～我會把你們咬得喀喀作響～或是把你們含在嘴裡～直到你們融化。」

「可以不要嗎？」萊特又出聲。

「喔，金色的小糖霜，我記得你，父親最愛的糖霜。」伏蘿瞇眼看著萊特，牠歪了歪腦袋：「父親怎麼捨得讓你下來呢？」

「事情是這樣的，某次我們去舉行任務時——」

「不需要跟牠解釋啦！」

柯羅咬牙瞪向萊特，他不知道萊特今天是怎麼回事，雖然平常的他就已經夠神經大條了，但浪費時間和使魔說這些有的沒的要幹嘛？

「喔，我真開心能再看到你，小柯羅！」伏蘿忽然轉了個身，像個嬌羞的小少女似地趴在半空中，雙手依然交疊，下顎則是枕在上面。

「你是真的想見到柯羅嗎？還是——」萊特看了眼手表，頓了幾秒，然後他伸手摸摸柯羅的肚子：「還是你想見的是裡面這位？」

「三八啦！人家哪有！」伏蘿遮著嘴，三八兮兮地笑了起來。

「萊特！」柯羅脖子上的青筋冒了出來，他惡狠狠地瞪著一直在做很不合時宜的事情的萊特。

「現在是怎麼回事？」

連柯羅肚子裡的蝕都發出了同樣的疑問。

「我很好奇，為什麼你這麼喜歡裡面這位？牠有什麼特殊的魅力嗎？」萊特不顧柯羅殺人的視線，他喋喋不休地問著：「還有，你還沒說過，你們第一次見面到底是什麼情況，」

「你不了解，蝕是我們兄弟姊妹裡最強大的那一個，牠殘暴又無情，俊美得像古希臘神祇一樣，是使魔都會愛牠的。」伏蘿的手指輕輕打在臉上，還真的分享起了牠的心得：「如果可以呢，我想跟蝕結婚，然後在我們的新婚之夜讓牠——」

伏蘿後面的話令柯羅胃部一陣翻攪，顯然他肚子裡的東西也很不舒服，柯羅覺得自己快吐了。

「閉上你的青蛙嘴！」但在那股作嘔感冒出嘴裡時，柯羅吐出的不是胃酸，而是低沉的怒吼，聽起來像是蝕。

柯羅遮住嘴，打起噁心的嗝。

「我才不是青蛙。」伏蘿原本咧起的嘴角沉了下來，巨大的身體湊近，用長著利爪的食指彈了柯羅的額頭一下。

叩地一聲，看似無害，柯羅的額頭卻腫了起來。

「為什麼你們都要叫我青蛙呢？父親也是——我們不是那種醜陋的生物。」伏蘿又用手指推著柯羅的腦袋，動作越發暴力。「你們以為你們是誰？」

「住手！」萊特擋在柯羅面前試圖阻止伏蘿的暴行，他放輕語氣：「就不能讓我們回到剛剛的話題嗎？」

「我現在沒有心情了。」伏蘿冷冷地看著萊特，使魔的個性向來陰晴不定。牠用食指和拇指捏住萊特的臉，左右翻看。「你有張漂亮的臉，難怪父親會喜歡你，有時候我甚至覺得比起我，他更喜歡你。」

「可能是因為我人很好，個性也不差？」萊特試著露出微笑，然後和使魔講道理：「你知道嗎？要讓人喜歡你這件事其實不難，你只要——」

「閉嘴！」終於，伏蘿也受不了萊特的聒噪了。「我不需要你的建議。父親必須愛我，他也許現在比較喜歡你，但咬掉你的靈魂讓你消失後，他就剩我了，他還是會最愛我的。」

「為什麼除掉我之後他就會愛你？你又沒有變多好。」萊特皺著眉頭問。

「呃，父親最愛的有兩個，你和我……所以滅掉你，就剩我啦。」伏蘿竟然還思考了一下，他聳聳肩：「這是很簡單的數學問題。」

「我覺得數學好像不是這麼用的。」

柯羅看著萊特和伏蘿一來一往的對話，他真不敢相信有人可以跟使魔廢話這麼久。

「我才不在乎數學是不是這樣用的！」伏蘿露出了猙獰的面貌，白淨的肌膚上長出鱗片，掐著萊特的手指更加用力，弄痛了他。「我要捏爆你漂亮的小腦袋，吸乾你的腦漿！」

「不不不，讓我們坐下來好好談談，再給我……五分鐘就好。」萊特還在試著討價還價。

「不！」

眼見情勢不妙，柯羅看向自己的腹部，他深吸了口氣。

「蝕。」

「放我出來。」

「不，你無法在地獄邊緣裡移動，我們不知道會發生什麼事。」

柯羅和腹中的使魔對話著。

「你有別的選擇嗎？」

「你的靈魂很有可能被撕裂。」

「你是在擔心我嗎？我的小鬆餅……別擔心，如果我被撕裂，你的美夢會再度滋潤我的。」

「我不……」

「就五分鐘！五分鐘就好……」萊特討價還價的聲音打斷了柯羅和蝕的對話。

眼看著伏蘿張大牠的嘴，準備對著萊特的腦袋伸出舌頭，柯羅心一橫，挺身上前：「放開那個蠢蛋！」

柯羅集中精神，他的手邊沒有口紅，只能象徵性地用手指在腹部畫上召喚使魔的陣術，並口頭念起了召喚陣上的古文字。他不確定在地獄邊緣這樣做有沒有用，但也只能硬著頭皮試了。

「哈！你想要召喚出蝕嗎？」伏蘿瞪大了眼，大笑起來：「你確定你想在我的地盤召喚出蝕？」

柯羅不管伏蘿的嘲笑，他繼續低聲念著古文字，並試著請出他腹部裡憤怒已久的黑暗──

「敲敲門！」最後，柯羅喊道。

而使魔終於回應。「是誰在外面？」

蝕低沉的聲音讓他們周遭一陣顫動，那些飄散的亡魂不斷遠離他們。

「等等，柯羅──」

萊特試著要出聲制止柯羅，但對方鐵了心地推開他。現在別無辦法，只有召喚出蝕才能保護萊特。

「是你的父親，柯羅。」柯羅沉聲。

這回蝕沒有再和柯羅多嘴些什麼，牠的沉默表示牠接受了召喚。黑暗壟罩整個地獄邊緣，只剩伏蘿身邊散發的詭譎綠光。

萊特看見伏蘿顫抖著，臉上卻露出興奮狂喜的表情，即便上次蝕殘忍地將牠撕成碎片，不成形狀，牠依舊很期待再次見到對方。

真的是個超級被虐狂，萊特心想。

但他的注意力很快被蜷曲著身體、痛苦呻吟的柯羅給拉了回來。

「柯羅！」

來不及阻止柯羅召喚出蝕，萊特只能急忙從後方抱住柯羅給予他支撐，不然除此之外他不知道自己還能做些什麼。

柯羅每一次的召喚都讓萊特有種無能為力的感覺。

柯羅痛苦地抱著腹部，但依然努力地撐起身體，黑暗之王將從他體內爬出，為伏蘿和地獄邊緣帶來沉重的恐懼、駭人的威脅——

然而，轟然一聲，黑影降臨在萊特和柯羅面前，伴隨而來的卻不是什麼沉重的恐懼或駭人的威脅。

「搞什麼？」這是蝕爬出來後的第一句話。

「搞什麼？」這是柯羅在蝕爬出來後的第一句話。

「那、那是……」萊特錯愕地盯著出現在他和柯羅眼前的身影，張大了嘴半天說不出話來。「那是蝕嗎？」

漂浮在萊特和柯羅面前的，是一個裹在烏鴉裝裡的胖胖小寶寶。

烏鴉小寶寶瞪著自己肥短的小爪子，然後用那張肥嘟嘟、表情卻充滿殺意的天使臉孔瞪向柯羅和萊特。

「你們這群愚蠢的傢伙到底做了什麼！」

CHAPTER 3

烏鴉寶寶

黑暗大概也為牠的主人而感到顏面無光，瞬間便從地獄邊緣褪去，只留下伏蘿興奮地綠光大作，像迪斯可燈光一樣胡亂照在他們臉上。

萊特和柯羅瞪著眼前有著圓圓小屁股、短短四肢的使魔，強大冷酷的黑暗之王竟變成了一隻烏鴉寶寶。

「你和金髮教士聯合施了什麼巫術陷害我嗎？」

烏鴉寶寶——不，蝕用牠那張小天使般的臉孔瞪著萊特和柯羅，撇除掉牠低沉的嗓音，看起來像是個盛怒中的肥胖嬰兒。

「都什麼時候了，我們幹嘛還用巫術陷害你？」柯羅氣到臉都紅了：「讓你變成一個包尿布的臭屁孩，對我們來說有什麼屁用啊！」

萊特看著一臉凶神惡煞卻毫無威脅性的蝕，他抿起嘴巴，努力把笑聲憋在嘴裡，但還是被蝕發現了。

「你笑什麼！」蝕揮動著短短的小手要攻擊萊特，卻被柯羅一把拎住了翅膀。

柯羅也沒料到自己這樣就抓住了蝕，他們互相瞪視著，直到萊特終於忍不住歇斯底里地大笑出來。

「你們竟然敢這樣愚弄黑暗之王！好大的膽子，我一定要——」暴怒的蝕開始扭動胖胖的小身體。

「就說了不是我們……」柯羅抓不住像個頑皮死小孩扭動的蝕，正當蝕準備用尖銳的小利爪攻擊他時，他放開了牠的翅膀。

然而蝕才剛展開翅膀，就落入了另一隻大手裡。

伏蘿像抓小雞一樣將蝕抓進手心裡，牠張大眼，笑咧了嘴。

「不是什麼巫術，是因為你身在地獄邊緣的緣故，我親愛的蝕。」伏蘿用他牠濕滑的舌頭舔著嘴唇，對著掌心裡的迷你蝕哈出了熱熱的氣。「這裡是我的地盤，只有我能橫行，其他靈魂一旦出現在這裡，都會被我壓制。」

蝕瞪著伏蘿沒有說話，牠露出一臉嫌惡的表情。

「讓你的父親在這裡將你的靈魂召喚出來是個極大的錯誤，在地獄邊緣裡，強悍的黑暗之王也不過是個可愛的小靈魂而已。你那真正的、強悍的肉體還在外面呢……」伏蘿繼續說，牠幾乎將臉湊到蝕的臉上，像逗小嬰兒似地咋著舌頭。

蝕沒說話，蜷縮在伏蘿的手掌心裡，用翅膀和蓬鬆的黑色羽毛遮住了自己。

「不過多虧了你們魯莽的舉動，這下我有了金色糖霜、黑色糖霜，還有一個寶寶糖霜！」伏蘿一臉著迷地看著手上的蝕，又發出了討人厭的笑聲。「好了……告訴我，我該由誰吃起呢？」

伏蘿舔起嘴唇。

柯羅無所適從地擋在萊特面前，伏蘿在他們面前看起來如此巨大。

現在該怎麼辦？柯羅咬牙，他沒料到在地獄邊緣裡將蝕召喚出來後會發生這種事，蝕顯然也沒料到。

這下倒好，他們被困在地獄邊緣，有個變態使魔虎視眈眈地準備吃掉他們，召喚出來的蝕還一點屁用也沒有。

「我和蝕先擋在這裡，你快跑，把自己藏起來，也許榭汀他們還有機會救你出去。」柯羅低聲對萊特道。

萊特並沒有回應，他正低頭看著手表。

「喂！」

「還有兩分鐘。」萊特忽然抬頭盯著柯羅說。

「什麼兩分鐘？」柯羅不解，離他們的靈魂被吞噬前的時間嗎？

「別擔心，我們要有信心，不會有事的。我的計畫一定會非常成功，我們的靈魂一定會完好無缺地回到現世。」萊特像是在說給柯羅聽，又像是在說給自己聽，他看向伏蘿：「只要我們能夠挨過這兩分鐘——」

「別傻了，聽我的話快跑！」柯羅推了萊特一下。

「不！」但萊特沒有聽話，反倒抓緊了柯羅的手：「不能逃，相反的，還要正面迎敵，我們兩個都是。」

「什——」

「喂！蝕小朋友，你有辦法用你的小短腿和小短手拖延你的瘋狂粉絲兩分鐘嗎？」萊特衝著伏蘿掌心裡的蝕喊。

蝕瞪著萊特的表情像是要剖開他的內臟，再丟進油鍋裡炸來吃一樣。

「別垂死掙扎了，在我的地盤沒有人能與我抗衡。」伏蘿發出了尖銳的笑聲，牠用手指輕撫著掌心上的蝕：「就算是親愛的你也一樣。」

「別叫我親愛的，你這噁心又醜陋的傢伙。」蝕身上的黑色羽毛全豎了起來。

「醜陋？我是你最漂亮的寶貝啊，怎麼會醜？」伏蘿說著，牠用食指按在蝕的腦袋上，「這樣吧，上次你這麼熱情地將我撕裂，讓我到現在還時不時痠痛，這次該輪到我回報你了……」

伏蘿拎起蝕在空中搖晃，對蝕露出痴迷的笑。

「我就先吃掉你，把你放進我的口中，好好吸吮，好好咀嚼，等到你進入了我的體內，我們就融為一體，再也不分開。」

「有種你就試試看。」蝕陰沉地說，雖然那張寶寶臉看起來一點威脅性也沒有，但牠的氣勢仍讓伏蘿一陣酥麻。

伏蘿嬌喘了幾聲，在柯羅和萊特打起寒顫之際，笑咧了嘴，「好哇，親愛的。」像塞小零嘴似地將蝕塞進了嘴裡。

「蝕！」柯羅喊出聲來，不可置信地看著伏蘿，他憤怒地大喊：「把我的使魔吐出來！你這隻噁心的臭青蛙！」

柯羅看上去異常生氣，他緊握著拳頭對著伏蘿吼叫，如果不是萊特攔住了他，他甚至要衝上前去了。

「等等，柯羅，冷靜點——」萊特有些錯愕，他沒料到柯羅這麼在乎自己的使魔，他原本以為柯羅憎恨並厭惡著蝕，巴不得蝕乾脆消失算了，看來他們之間的關係沒有這麼簡單。

「不行，那是我的力量來源，牠必須把牠吐出來！否則我會變得一無是處——」

「嗯嗯！」伏蘿正想嘲弄柯羅時，忽然發出了尖銳的尖叫聲。

伏蘿張開嘴，把原本被牠含在口中的蝕吐了出來，連帶著血水和唾液。伏蘿痛苦地看著自己的舌頭，牠的舌頭竟然被撕成了兩半，像蛇的舌頭一樣。

蝕落在柯羅和萊特面前，牠身上的黑色羽毛變得如針刺般銳利，上面掛滿著血水及唾液。

萊特可以感覺到柯羅鬆了口氣。

黑暗之王終究是黑暗之王，即便被壓制了型態和力量，蝕依舊有辦法造成極端的破壞。

「你這樣看起來就像那個混蛋利維坦一樣，這樣正好，你們兩個可以當一對惹人厭的兄弟。」蝕滿臉嫌惡地甩掉了身上的血水和髒汙。

萊特不確定利維坦是指誰，但那很可能是一隻他還沒見過的使魔。

「親愛的你真頑皮，我就知道你沒這麼容易被吃掉，真有挑戰性，我喜歡。」伏蘿收回舌頭，咋了幾聲後又嘻嘻地笑了起來。

伏蘿挺起身子，那讓牠的身軀看起來越發龐大，整個地獄邊緣被一種詭異綠光完全壟罩。

「這次我應該認真點跟你玩，先把你吞下肚，再吞掉你的父親和他的金髮教士。」

「他們是我的東西，你敢動試試看——」蝕低聲威脅著，黑色羽毛覆蓋牠全身以及那張圓潤的小臉蛋，看似無害的小寶寶變成了攻擊性極強的大型烏鴉。

黑暗再度降臨，柯羅和萊特被籠罩在蝕的陰影下。

「還有，再把我放進你嘴裡一次試試，這次我會直接連你的喉嚨和食道一併撕爛！」蝕警告，牠蓄勢待發。

「你想要進入我的身體撕裂我？我求之不得，你知道我多喜歡你進入我的身體。」不知為何，伏蘿總是有辦法把事情說得很下流。

在蝕發出惱怒的作嘔聲時，萊特低頭看了眼手表，他說：「還有三十秒。」

「都這種時間了，你到底在幹什麼？」柯羅瞥了眼一直不在狀況內的萊特。

「柯羅，把手給我！」萊特對柯羅伸出了手。

「你到底……」

「手！柯羅，相信我！」萊特喊著。

柯羅嘖了一聲，雖然不知道對方在玩什麼把戲，他還是深出了手。

「抓緊了！」萊特用力握住柯羅的手之後就拚命往前游。

「喂！」當柯羅看見萊特從後方將手伸向蝕的時候，差點沒一巴掌從對方後腦勺上打下去：「現在不是讓你當使魔粉絲的時候！」

萊特沒有理會柯羅，他從後方抱住蝕，不顧蝕射來的凶惡眼神，他大膽地對著使魔說：「還有十秒！聽好了，蝕，我需要你緊緊抓住伏蘿不放！」

「為什麼我要聽你——」

蝕還沒說完，只見伏蘿已經俯身游下來準備攻擊他們。蝕也顧不得身上纏著一個萊特了，牠發出低吼聲回擊，伸出利爪插進伏蘿長滿鱗片的皮膚上。

伏蘿尖叫，試著把他們甩下來，但蝕的爪子幾乎嵌進了牠的皮肉裡。

「靠！我真是瘋了才會相信你！」

柯羅覺得自己像攀在野狗身上的跳蚤，隨時會被甩出去。他緊抱著萊特，萊特則看著手表繼續喊：「還有五秒！五、四、三、二——」

「我要吃掉你們！」

「一！」

伏蘿發出怒吼的同時，頭頂傳來了清楚的敲門聲。

叩、叩、叩。

伏蘿瞬間停止了動作，面容猙獰的牠往頭頂上一看，一股亮光灑下，一個圓形的召喚陣出現在上頭。

伏蘿舔著嘴唇，牠的視線在他們身上和召喚陣上逡巡。使魔正在玩樂和殺戮的興頭上，似乎不想理會上方的召喚陣。

然而敲門聲卻再度傳來，而且這次的頻率是——叩叩叩叩叩叩叩叩叩叩叩叩叩叩叩叩叩！

「是誰在外面！」伏蘿頸子上的青筋一冒，急促的敲門聲逼得牠不得不給予回應。

攀在萊特身上的柯羅終於明白了怎麼回事，他瞪大眼看向萊特：「你所謂的計畫該不會是——」

萊特對柯羅露出了燦笑，他點點頭，一副「快稱讚我」的表情。

柯羅咬牙，他才不想稱讚萊特，他只想敲開對方的腦袋，看看對方的腦袋裡到底都裝些什麼。雖然他懷疑敲開來後也只會看到幾匹獨角獸、彩色雲朵和彩虹仙境……

「是威廉，你的父親。」

威廉的聲音從召喚陣那頭傳了下來。

十分鐘前，現世。

當通往地獄邊緣的黑色大門關上時，一陣強風颳過，把絲蘭用鹽巴畫好的魔法陣吹開，鹽巴像雪一樣散落各處。

絲蘭放開了原先搭在威廉肩上的手，不可置信地用力拍了把額頭，幾乎是咬牙切齒地咒罵著：「你們全是一群蠢蛋，我到底為什麼要答應幫這個忙！」

「發生什麼事了？」格雷在一旁詢問，現場一團混亂，他還搞不清楚到底是什麼情況。

萊特和柯羅的靈魂沒有回來，鹿學長剛剛發瘋了要攻擊蘿絲瑪麗，兩隻憑空出現的凶猛貓科生物纏鬥在一起，卻又瞬間消失不見了。

「我不是、我不是故意要放掉繩子的……我不是。」威廉跪在地上緊抱著自己，「繩子忽然就……鬆掉了。」

威廉心想，他只是……冒出了幾秒鐘不好的念頭而已。

「我不是跟你說過要集中精神嗎？只要你稍有猶豫，那些連接著靈魂的繩子就很容易被破壞，你到底在猶豫什麼？」絲蘭吼道。

「我……」我嫉妒了。威廉說不出口。

「算了！你這沒用的傢伙——」絲蘭煩躁地踢了踢地上的鹽巴，雙手扠腰狠瞪著威廉：「快振作起來，現在不是哭哭啼啼的時候！」

威廉哽咽著，大眼裡都是淚水的他無助地看向絲蘭：「我們該怎麼辦？萊特他……我們真的該照著萊特的計畫去進行嗎？」

絲蘭深吸了口氣，萊特告訴他們的計畫蠢得要命，蠢到他現在就想離開黑萊塔留下他們自生自滅。但這念頭的確只是想想，他如果真的走了，小仙女恐怕會暴跳如雷，和他冷戰一輩子。

他無奈地耙了把頭髮，再看了眼手表，離萊特告訴他們的時間還有九分鐘。

「我也想不到其他方法了，如果那小子想碰運氣，我們只能陪他碰運氣了。」絲蘭說。

「但是……他的靈魂很有可能因此被撕裂，普通人類的靈魂是不可能一起穿越召喚陣的。」威廉說。

「反正他很可能已經被撕裂了，不管怎樣，我們都必須試試，至少有機會帶回柯羅——幸運的話。」

「但萊特……」

絲蘭看著威廉的眼神異常冷酷，他說：「如果小蕭伍德怎麼了，記住，這是你的錯。」

威廉瞪著絲蘭不說話，眼淚不停地往下掉。

「所以趕快給我振作起來！」絲蘭沒有安慰威廉的意思，「如果不想要小蕭伍德回來時碎成塊，你最好擦掉眼淚，努力集中精神，保證等等不會再出現任何差錯。」他又看了眼手表。「你還有八分鐘。」

威廉默默擦掉了眼淚，哽噎了幾聲後，閉上眼，重新跪坐好不再說話。

絲蘭則是搖搖頭，轉頭看向身後的一片混亂，朱諾那傢伙這次真的是整死他們了。

榭汀的辦公室裡被使魔們撞得亂七八糟，不知名的魔藥四處飛散，還害他吸了一點進去；丹鹿這罪魁禍首倒在地上一動也不動；榭汀懷裡還抱著全身癱軟的蘿絲瑪麗。

「你們接下來打算怎麼辦？為什麼萊特沒有……」格雷正準備上前弄清楚狀

況，絲蘭卻一個箭步上前給了他一巴掌。

「叫你看好丹鹿！就這麼簡單的一件事你也做不好，你要不要乾脆回鄉下養老算了！」

「你居然敢打我！」格雷遮著臉，不可置信地看著眼前的紫髮小男孩。

「你覺得你不該打嗎？」絲蘭冷哼著，他的身體型態在成人與孩童間很不穩定地變動著，蜘蛛們在他肩上爬動著，讓格雷不敢再前進一步。「你應該做好你分內的事，協助我們而不是添加麻煩，教士。」

格雷還想回嘴，榭汀卻在這時插話進來：「格雷。」

格雷看向榭汀，藍髮男巫的表情冷峻，金色的瞳仁像貓一樣銳利。

「顧好丹鹿，要是再讓他被控制一次，我絕對先殺你。」男巫的語氣絕對沒在開玩笑。

面對兩位男巫的壓力，自知理虧的格雷只能摸摸鼻子。「算了！我不想跟你們計較這麼多！」他走去扶起癱倒在地的丹鹿，這次確實地把人重新用繩子綁實，並好好看顧。

絲蘭咬牙，他握緊拳頭，再度深吸了口氣，努力讓自己的狀態穩定下來後，才走向一旁抱著蘿絲瑪麗的榭汀。

「她還好嗎？」絲蘭伸手撫摸著蘿絲瑪麗的臉，他已經看不見對方的臉很久了，但蜘蛛們告訴他，她的臉色慘白，雙眼緊閉，女巫看起來比從前的任何時候都還虛弱。

「朱諾要攻擊她的時候害她摔了很重的一跤，奶奶最近的身體狀況本來就不好，現在更糟了。」榭汀從懷裡拿出一個精緻的小玻璃瓶，裡頭裝著天堂的甘露，他用滴管滴了幾滴進蘿絲瑪麗的嘴裡。

蘿絲瑪麗的神情稍微舒緩許多，但她依然緊閉雙眼，臉色蒼白。

絲蘭有些擔心。

「天堂的甘露能讓她舒服一點，但她現在需要休息，沒辦法再幫我們了。」

相較於絲蘭，榭汀反而出奇冷靜。他將蘿絲瑪麗輕輕抱起，放在一旁的躺椅上。

忙。

榭汀對蘿絲瑪麗的態度不像是擔心祖母的孫子，更像是對陌生人義務上的幫

「榭汀，蘿絲瑪麗的狀況很不妙，她的身體不如以往了，你要有心理準備。」絲蘭刻意提醒。

「我明白，但我們還有更大、更急迫的問題必須處理。」榭汀轉身觀察起工作檯上的萊特和柯羅。「到底怎麼回事？萊特他們找到里茲了沒，有沒有問出快樂瑪麗安究竟在哪裡？」

比起蘿絲瑪麗，榭汀似乎更在意那隻愚蠢的變色龍。

絲蘭觀望著榭汀，沉默了幾秒後，說出了榭汀想要的答案：「別擔心，萊特他們問到了，答案很愚蠢——里茲嘴上的八字鬍就是那隻變色龍。」

檢查著萊特脈搏的榭汀差點弄斷了對方的手。

「我們費了這麼多的功夫，就為了那傢伙臉上的八字鬍？」

「是的。」

「我要把那傢伙的內臟剖開丟去花園裡餵顛茄！」

「在你這麼做之前，我們還有個更急迫的問題要處理。記得嗎？萊特和柯羅的靈魂還在地獄邊緣裡，我們的計畫失敗了，威廉那蠢蛋弄掉了柯羅的繩子，現在萊特也跟著下去了！」

情況簡直不能再糟了。

榭汀面色凝重地問：「沒有其他辦法可以帶他們回來嗎？再開一次門，再丟一次線之類的？也許這次換我下去找他們。」

「不，下地獄的巫術不是這樣運行的，通往地獄的大門不是說開就開的，至少還要再等上一段時間才能再開啟。而且要是不小心出了什麼差錯，連你也回不來。」絲蘭搖頭拒絕。

「一定還有其他辦法……」榭汀皺著眉頭，他問：「萊特剛剛跟你們說了什麼計畫？」

絲蘭抿唇，低頭看了眼手表後，告訴榭汀：「萊特提供了一個很蠢但也許可行的計畫，而且這個計畫在幾分鐘之後就必須實行。」

「什麼計畫？」榭汀問。

於是絲蘭將萊特的計畫一五一十的告訴榭汀，而榭汀的反應就和絲蘭一模一樣。

「什麼？他在開玩笑嗎？」

兩分鐘前，現世。

「這計畫真的太蠢了！」

榭汀站在柯羅和萊特兩人中間，左手拿著從丹鹿辦公桌上摘來的兩顆顛茄，右手則握著一把銀製小刀。

「我知道，但我來不及警告小蕭伍德這麼做的危險性，那個蠢蛋就放掉繩子了。」絲蘭煩躁地在室內走來走去。

威廉正屏息以待地跪坐在地，他在腹部畫了召喚陣，只差開口召喚了。

「普通人的靈魂沒辦法輕易穿越召喚陣，柯羅沒問題，萊特的靈魂很可能被撕成碎片，也許出來的只會有一半……或十六分之三之類的。」榭汀看了躺在工作檯上的萊特一眼，又看向絲蘭，「我知道他本來就是個蠢蛋，但這次真的會讓他變成白痴的。」

如果靈魂沒有全部回歸，萊特將會成為一具行屍走肉。

「我們有別的選擇嗎？」絲蘭說。

榭汀看著工作檯上臉色逐漸慘白的萊特和柯羅肉身，他搖了搖頭，手上的顛茄們也跟著搖了搖頭。確實沒有別的選擇了，萊特和柯羅的靈魂待在地獄邊緣越久越難回來，再拖下去，他們的靈魂就必須永遠待在那裡，而肉身會逐漸腐爛。

「盡你所能地捕捉他的靈魂吧。」絲蘭對榭汀說，然後他看向威廉：「你也是，祈禱你把他們召喚出來的時候，沒又弄丟了誰的靈魂。」

威廉沒說話，但指尖正微微顫抖著。

「還有一分鐘。」絲蘭看著表。

榭汀嘆息，他看了眼躺在椅子上的蘿絲瑪麗，她的黑色大豹不知何時悄悄回來了，冷靜下來的暹因趴伏到蘿絲瑪麗身邊，用鼻頭輕蹭她的臉。

柴郡也出現在榭汀身邊，藍色大貓的臉上有著傷痕，牠跟暹因消失的期間，大概進行了一場很激烈的打鬥。

「你做得很好，先去幫我看著丹鹿，然後等我忙完好嗎？」榭汀伸手摸了摸柴郡的下巴。

柴郡呼嚕兩聲，默默退到後方，將自己隱藏起來。當丹鹿的身體忽然被空氣拱了兩下後，榭汀知道使魔有乖乖聽他的話。

「還有三十秒——」

「大學長若是知道發生什麼事，一定會殺了我們。」格雷按著額頭。

「再不閉嘴，我先殺你！」絲蘭瞪著格雷，然後繼續倒數：「還有十秒——」

「獻出你們的生命，替我喚回友人的靈魂，請注意金髮教士的靈魂，若他的靈魂被撕成碎片，盡你們所能蒐集完全。」榭汀用小刀抵著顛茄們的喉頭，輕柔地念著咒：「你們願意為我奉獻嗎？」

「當然了，親愛的，你是我們最愛的小——」得到同意，沒等羞怯的顛茄們告別完，榭汀一刀割開了它們的喉頭，並將它們的血液往萊特和柯羅的嘴唇上滴。

顛茄們的鮮血染紅了兩人的唇瓣。

「三、二、一……時間到！」絲蘭喊道。

同時間，榭汀用手掌分別按住萊特和柯羅的嘴，開始不斷默念：「引導他們的靈魂，帶回他們的靈魂，請吻醒睡美人們——」

威廉則是在深吸了口氣後，對著腹部上的召喚陣輕輕呢喃：「敲敲門！」

門後的那頭並沒有回應。

「專心點！威廉！」絲蘭嚴厲地說道。

威廉咬著下唇，握緊了拳頭，再次對著自己的腹部喊道：「敲、敲、門！」

這次，門的那端終於有了回應。

「誰在門外？」

「是威廉，你的父親。」

威廉從沒有這麼渴望喚出他的使魔過。

「什麼事呢？父親，我正在忙……」伏蘿竟然試著抗拒他的召喚。

這是壞消息，同時也是好消息。

威廉和絲蘭對看了一眼。伏蘿會這麼反應，表示有什麼東西在地獄邊緣裡吸引了牠的注意。

「逼牠出來！威廉！」絲蘭喊道。

「無論你在做什麼，我是你的父親，我將賜與你美酒與佳餚——」威廉跟著喊了起來：「現在聽從父親的命令，伏蘿，我召喚你出來！」

一陣靜默後，他們只聽見伏蘿發出了不悅的吼聲。威廉腹部上用指甲油畫出的召喚陣變成了鮮紅色，像血痕般延伸，裡頭的東西掙扎著準備爬出——

CHAPTER 4

歸來

頭頂上的召喚陣散發出更強烈的光芒。

「你們就是在打這個主意？」伏蘿冷哼道，牠抖動著身體，試著把身上的蝕和萊特等人甩下去。

「抓緊！」萊特緊攀著蝕喊道。

蝕的利爪和牙齒嵌入了伏蘿的身體，在皮膚上留下了血腥的痕跡。

「你就像個跳蚤一樣。蝕，不覺得丟臉嗎？」伏蘿發出尖銳的笑聲，一巴掌想拍扁他們，但被他們躲掉了。「你這樣會讓我心中的美好形象破滅的。」

蝕遮蓋著萊特和柯羅的靈魂在伏蘿的陰影下到處竄動。

「無法拒絕父親的請求，你就好意思了？」蝕發出低沉的笑聲。

「我——」

「無論你在做什麼，我是你的父親，我將賜與你美酒與佳餚——」威廉的聲音再度傳來：「現在，聽從父親的命令！伏蘿，我召喚你出來！」

頭頂上的召喚陣散發出更加刺眼的光芒，伏蘿的身體往上浮去，逼得牠不得不動身。伏蘿發出了不高興的吼聲，手腳併用地開始向上爬行。

蝕攀在伏蘿的影子上，身後拖著萊特和柯羅的靈魂。

「我們要一起被召喚出去了！」萊特抓著蝕的羽毛喊道。

原本攀在萊特背後的柯羅，忽然開始往他身上爬，整個人幾乎罷罩在萊特上方。

「你這個蠢蛋！你不知道這麼做很可能讓你的靈魂被撕裂嗎？」柯羅竭盡所能地覆蓋住萊特，雖然這麼做大概只是徒勞無功，但他還是想試試看！

巫族的靈魂本來就不屬於地獄邊緣，穿透召喚陣沒有問題；普通人類的靈魂幼小而脆弱，如果透過召喚陣被拉回，很有可能直接被撕裂。這也是為什麼威廉召喚伏蘿時，從沒有普通人的靈魂敢冒然搭便車回到現世。

如果真的有，恐怕也已經散成碎片了。

「管不了這麼多了，我們必須碰碰運氣，我相信我的靈魂夠強——哇！好燙！」一股熱氣由上而下襲來，萊特看著頭頂上的召喚陣，陣術散發出的光芒像太陽一樣刺人。

「趴下！躲好！」柯羅俯下身，將萊特護在懷裡。

「嘖，煩死了！」在穿越召喚陣前，蝕用牠的影子蓋住柯羅也蓋住萊特，

「記著，你們兩個都欠我一次。」

就這樣，伏蘿被迫挾帶著蝕、萊特及柯羅穿過了召喚陣，萊特和柯羅覺得自己就像跳了個火圈，熱辣的強風燒灼著身體，整個靈魂都被搓圓捏扁，拉扯到極限——

啵的一聲，他們終於穿越了那個召喚陣。

「醒醒。」

萊特不知道自己失去意識多久了，有個聲音叫他醒醒。

萊特睜開眼，感覺自己正飄浮在天花板上。他看見底下的威廉正面對著盛怒中的伏蘿，絲蘭站在他們的對面不知道在喊些什麼；格雷臉色鐵青地癱坐在地，

瞪著被召喚出來的使魔，鹿學長則倒旁邊，藍色大貓柴郡則趴伏在他身上，警戒地盯著伏蘿看。

大家在幹什麼？萊特渾沌地想著。

伏蘿不安分地左右搖晃著驅體，牠帶著敵意的視線不時放到萊特身上，蠢蠢欲動。

但威廉站起身來擋在伏蘿面前，對著牠喊了些什麼後，在絲蘭和威廉的前後夾攻下，伏蘿最終一臉心不甘情不願地回到了威廉的腹中。

威廉這次做得很好呢。萊特微笑著點點頭，然後又精神散漫地轉頭看看其他人在做什麼。

榭汀站在他和柯羅的身體旁邊，嘴裡不停念著什麼「清醒」和「睡美人」之類的話，但他的聲音太模糊了，萊特聽不太清楚。

萊特看著自己毫無動靜的身體，躺在他身旁的柯羅倒是忽然全身顫動，掙扎著大聲咳嗽起來，嘴裡還吐出了一堆黑色液體。

當初飛進柯羅的嘴裡的蒼蠅飛了出來，柯羅醒來了。

柯羅醒來後，他擦了擦嘴，隨即便跳下了工作檯，跑到榭汀身邊一起看著萊特那具像僵屍一樣硬直的身體。

柯羅一直在大喊他的名字，看起來超緊張的。

萊特被對方的神情逗笑了，一方面是覺得有趣，一方面是覺得窩心。他傻呼呼地飄在空中一直笑，直到那個叫他醒醒的聲音再度出現，而且這次近在耳邊：

「喂！金髮小蠢蛋！」

萊特嚇了一跳，他轉頭，一隻圓圓小小的顛茄靈魂飄在他身邊，看起來像萬聖節的鬼魂一樣，只是它正雙手環胸看著他。

精神還有點昏沉的萊特張大了嘴，顛茄的靈魂竟然有雙手雙腳！

他上天堂了嗎？

「幹什麼？我們的肉體或許沒有手腳，但我們的精神有。」像是知道他在想什麼似的，顛茄回道。

這就是顛茄們一直說自己能做瑜珈的原因嗎？萊特猛盯著顛茄看，直到注意力又再度渙散——

「喂！別恍神，我還要帶你回去呢！」顛茄猛地拍了拍手。掌聲刺痛了萊特的耳膜，他的耳邊一陣嗡嗡聲響，很難受，但思緒也同時清晰起來。

如同大夢初醒般，在耳鳴過後，萊特想起來了剛剛發生的一切——他跟著使魔們穿越召喚陣，回到現世了！

「我回來了？」

「對，你的靈魂剛剛被召喚陣拉扯過，所以會有一點疲憊、頭暈和注意力不集中的後遺症。」顛茄的小靈魂擺動著它細細的小手臂說：「別擔心，你很快就會恢復正常，除非……」

「除非什麼？」

顛茄沉默地瞪著萊特，忽然又用力地拍了拍手，讓萊特再次捂住了雙耳。

「集中精神！告訴我，這是幾根手指頭？」顛茄伸出它的手指，嚴厲詢問。

「兩根！」萊特回答，顛茄們靈魂的手指就只有兩根而已，這讓它們的靈魂看上去永遠都像在比YA，多麼快樂……

顛茄憤怒地用它的小手臂打了萊特一巴掌，啪啪啪的，他的靈魂被打出了幾絲小火光，像仙女棒一樣。

「是兩根才對！」

「我是回答兩根啊，我哪裡說錯了？」萊特一臉無辜地摸著臉。也許顛茄們不像它們表面那樣快樂。

「你沒說錯，我只是想揍你，看看你的靈魂穩不穩固而已。」顛茄又用它的兩根手指順了順萊特的臉，將那些被它打出來的小火花撫平，最後還上下打量了一陣。「很好，看來是我們心愛的小貓咪過度擔心了。你很幸運，穿透了召喚陣之後，你的靈魂看起來還是很強壯呢！」

顛茄嘖嘖稱奇地讚賞著。

「我還以為打你一巴掌後你就會整個靈魂散掉，我就必須花很多時間去撿你的靈魂碎片，然後因為花太多時間撿，你就死掉了。」顛茄哈哈大笑起來。

萊特跟著乾笑兩聲。

「既然確認了你的靈魂強壯得像牛一樣，那我的任務就差不多結束了，回到你的身體裡去吧，小金毛。」顛茄說。

「怎麼回去？」萊特問，他看向自己躺在工作檯上的身體，一旁的柯羅看上去越來越著急。「我就……躺回去就好了？」

「不，靈魂歸位不是這樣幹的，你這個金髮小蠢蛋。」顛茄說，然後它開始指著它的豐唇，對萊特拋起媚眼來。「要醒來，要透過我的吻，我會負責把你吻醒，睡美人。」

「咦？」萊特看著顛茄油油亮亮的豐唇，有點推拒地往後退去：「可、可以不要嗎？」

「當然不行了，小傻瓜。」顛茄用兩根手指堵住萊特的嘴唇，接著強硬地捧住他的腦袋，瞬間就往嘴上吻。

那一瞬間，萊特發誓，他看見了周遭空氣變成了粉紅色，耳邊還出現了性感的薩克斯風音樂。只是顛茄的吻很不美麗，他的嘴唇像被吸塵器吸住一樣，掙脫不開，而顛茄不只伸進了舌頭，還化成液體狀整個流進了他的嘴裡。

萊特一下子哽住了喉頭，他痛苦地閉上眼狂咳著，一陣天旋地轉，他的靈魂被一股力道用力拉扯，撞在了什麼東西上。

萊特咳得撕心裂肺，苦甜的黑色濃液被他吐了出來，他掙扎地坐起身。等他再度睜眼時，顛茄的靈魂已經不見了，他坐在工作檯上，眼前的人則是榭汀和柯羅。

「萊特！」

萊特聽見柯羅喊他的聲音，清晰又明亮。

他深吸了口氣，沁涼的空氣流進鼻腔，他最後嗆了一聲，一隻蒼蠅從他嘴裡飛了出來。

「萊特，你有聽到我說話嗎！」柯羅幾乎是立刻伸出手來抓住他的手臂。

萊特吞了吞口水，製造了一點沒必要的懸念後，他吐吐舌頭：「如果以後回來都要被這樣吻的話，我再也不下地獄去了。」

一旁的榭汀看起來鬆了口氣。

「我嘴裡的東西是什麼？顛茄的口水嗎？」萊特咋舌，擺脫不掉嘴裡苦甜噁心的氣味。他看了眼柯羅緊緊掐在自己手臂上的手，微笑著輕輕地拍了幾下對方的手背，安撫他緊張的情緒。

「是顛茄的鮮血，小心不要吞太多下去，不然你今天一整晚都會坐在馬桶上拉肚子。」榭汀邊說邊扳開萊特的眼皮，小心翼翼地拿起小手電筒照他的眼睛。

在確認萊特的瞳孔收縮正常後，榭汀放下手電筒，伸出了兩根手指：「這裡是幾根手指？」

「你不會打我吧？」萊特驚恐地望著榭汀。

「我為什麼要打你？」貓先生沒告訴萊特，幾分鐘之前為了讓他在地獄裡保持清醒，自己已經海扁過他一頓了。

「你的顛茄就打了我，我的臉現在都還是腫的。」萊特按著他的臉，他的臉現在一片火辣辣的。

「那是為了確保你的靈魂沒有被撕裂。」貓先生也沒告訴萊特，他的臉頰會腫也是因為自己先前賞了他好幾巴掌。

「好吧……跟顛茄的靈魂一樣，都是兩根手指。」萊特可憐兮兮地回答。

「你的全名是什麼？」榭汀繼續問。

「萊特．蕭伍德。」

「興趣？」

「研究女巫。」

「八千七百八十七乘以九百四十是多少？」

「八二五九七八零？」萊特的數學很好。

「嗯……很奇怪。」榭汀伸手敲了敲萊特的腦袋，左右翻看後，他瞇起眼來。

「怎麼樣？出了什麼問題？」柯羅問。

「就是因為沒有問題才奇怪，他的靈魂很完整，沒有跑掉半點。」榭汀說。

「太好了……」柯羅鬆了口氣。

「哇，你這麼擔心我嗎？」萊特摀著心口感動道，直到柯羅往他心窩上揍了一拳。

「閉嘴！你只是運氣好而已，出那什麼餿主意。要是你靈魂不完整，回來變成白痴的話，可沒人要照顧你。」

「對！你到底在想什麼，那真的是個太蠢的主意了。」榭汀跟著皺起眉頭。

萊特一臉無辜地眨著雙眼看向兩人：「叫威廉召喚伏蘿，我們像跳蚤一樣跳到牠的身上然後搭便車順利回到現世，問題解決，這是簡單的數學邏輯，不是嗎？」

「數學邏輯才不是用在這種地方。」柯羅翻了個白眼。

「總之，我們成功回來了不是嗎？耶！」萊特張開雙手要和柯羅抱抱，對方嫌惡地斜眼看他，倒是沒有拒絕擁抱。「而且現在我們知道快樂瑪麗安在哪裡，鹿學長就有救了。」萊特笑咪咪地看向榭汀，卻發現榭汀表情依然嚴肅，一點也沒有放鬆下來。

「但同時我們也付出了不小的代價。」榭汀嘆了口氣，他揚揚下巴，萊特和柯羅順著他的視線往身後看去。

除了一片混亂的辦公室外，黑色大豹正偎在蘿絲瑪麗身邊不斷發出嗚嗚聲，蘿絲瑪麗的臉色看起來糟透了，而剛剛強制把伏蘿召回的威廉也是，難堪地跪在地上嘔吐。

絲蘭雙手扠腰，什麼也沒說地看著幾人。

這場景跟萊特想像得完全不同，他本來以為回來之後大家會高興地一同歡呼，蘿絲瑪麗奶奶還會摸摸他們的頭說做得很好——好吧，也許不會摸他們的頭，但至少會露出酷酷的冷笑。

現在的她只是虛弱地躺在哪裡，髮絲落在臉上，沒了以往的從容。

問。

「我們在地獄的期間，這裡究竟發生了什麼事？」萊特和柯羅錯愕地同聲詢

榭汀只是看了眼躺在地上的丹鹿，然後輕嘆了口氣：「說來話長……」

萊特和柯羅站在一旁，看著榭汀將換上便衣的蘿絲瑪麗抱上床，黑色的大豹隨即爬上了床，一臉擔憂地不停用臉蹭著蘿絲瑪麗，但女巫毫無反應。

折騰了一整天，女巫暫時先被安置在黑萊塔裡的醫護室裡，方便榭汀就近觀察和照顧。

「奶奶的狀況還好嗎？」萊特靠在病床旁詢問。

沒想到在他和柯羅進入地獄邊緣時，外面發生了這麼多糟糕的事。

「我讓她吃了些藥，她現在需要的是靜養和休息。」榭汀神色平靜地回答。

萊特傾身想查看女巫的情況，並試圖替她將落在臉上的銀色髮絲撥到耳後，暹因卻凶猛地嘶了幾聲，一爪子拍掉萊特的手。

「別碰她，教士！」暹因的聲音裡有著警告意味，整個身體盤旋在蘿絲瑪麗身上。

「我沒有惡意——」萊特委屈地摸著手。

「那個傢伙也沒有，但他還是傷到了她。」暹因指的是丹鹿。

「暹因，你明知他不是故意的——」榭汀瞪向使魔。

「就算不是故意，他害了她是事實，說再多也沒用。」暹因幾乎枕在蘿絲瑪麗身上，牠黑色的毛髮豎立著，相當具有敵意。

看使魔一副短期內都不會再讓任何人碰蘿絲瑪麗的模樣，榭汀嘆了口氣道：「隨便你吧，但請你隨時注意蘿絲瑪麗的狀況，有問題就跟我匯報，知道嗎？」

語畢，榭汀輕輕地在蘿絲瑪麗的床沿拍了幾下，接著藏在柔軟床鋪和波斯毯底下的木頭床架和四根床柱竟發出了細嫩的幼芽，並且在瞬間長出豐盛的綠葉和花苞。

不到幾秒鐘時間，花苞綻放出了紫藍色的花朵。

花朵的花瓣呈現一種透明的藍，上面還有古怪的亮粉。蓬鬆的綠葉和花苞團團圍繞住蘿絲瑪麗和暹因，他們彷彿徜徉在一片溫柔花海裡。

藍色的花苞聞起來有種淡淡的玫瑰香氣，清新得如同晨露一般。萊特偷偷抓了其中一朵花苞吸了一口，然後在試圖把花瓣放進嘴裡前，被柯羅制止了。

萊特一臉可惜地望著那些聞起來異常清香的花朵，在聞過這些花朵的氣味後，他躺了好幾個小時的緊繃身體漸漸放鬆下來，好像連被賞了好幾個巴掌的臉頰也都消腫了。

這種花的氣味讓人感覺安詳、溫暖和舒適，好像世上再也不會有任何煩心事了。

「這是什麼花？聞起來好舒服。」萊特轉頭詢問榭汀，卻發現榭汀站在床邊，陷入沉思。

「榭汀？」

「我……」榭汀臉上竟然出現了點困惑，他說：「不知道，我還沒想好。」

「你還沒想好？」

「這是一種新的植物，我只是希望她能舒服點，它們就長出來了。」榭汀歪著腦袋，好像也沒料到自己只是隨手拍了幾下床沿，那些花就生長出來。

「你隨手就種出了新的植物？」身處在花海中的暹因瞪大了眼盯著榭汀看，牠低聲呼嚕：「代表你的巫力增強了。」

「對，我想是的。」榭汀垂下眼，乾巴巴的語氣聽起來有些無奈。

萊特不解地望著榭汀和暹因，明明巫力增強應該是好事，為什麼他們凝望著對方的氣氛如此緊張呢？他下意識地想站在中間當和事佬，但柯羅再次制止了他。

半晌，暹因終於收回了牠凌厲的視線，變回人形躺在蘿絲瑪麗身旁，並且伸手輕撫摸她的臉頰和頭髮，英俊的臉上滿是哀戚與失落。

「現在，滾出去。」忽然，暹因冷冷地對他們說：「不要再打擾我們。」

榭汀沒有對他的失禮做任何表示，但身邊慢慢浮現的藍色大貓倒是很有意見。

「一顆星星的殞落，會點亮另一顆星星的光芒。接受事實吧，暹因。」柴郡的出現嚇了萊特一跳，難怪他一直覺得有東西在打他的腳，原來是大貓的尾巴。

不理會萊特的驚嚇，柴郡哼了幾聲後對著暹因道：「你遲早要面對星星的殞落並離開，所以對我父親尊敬點！」

「不，我永遠不會離開蘿絲瑪麗。」暹因看都沒看對方一眼。

「如果不離開的話，你會——」

柴郡還想對牠的兄弟說些什麼，榭汀制止了牠。

「我們確實該離開，讓蘿絲瑪麗好好休息了，尤其是在這裡還有偷花賊的情況下。」榭汀瞪了眼正準備採花的萊特。

「父親，暹因必須明白——」

「我想牠很明白。」榭汀再次打斷柴郡的話，接著他試探性地隨手一揮，從床柱上生出來的嫩芽和花朵瞬間更加茂盛，很快地包覆住病床上的蘿絲瑪麗與暹因，並像厚厚的繭一樣掩蓋住他們。

柴郡不滿地呼嚕著，直到榭汀寵溺地摸摸牠的下巴，然後輕輕撫平牠臉上的抓傷：「不用擔心太多。你肚子餓了吧？我將會為你奉上美酒和佳餚。」

柴郡呼嚕呼嚕地發出了舒服的喉音。

「至於你們……」榭汀不耐煩地打掉萊特不安分的手，直接摘了朵花往對方嘴裡塞，「先去外面等我。」

「柴郡說的那些話是什麼意思？」

萊特嚼著藍色的花朵，花瓣的味道不如想像中甜美，反而有點苦。他和柯羅靠在走廊上，等著榭汀從醫護室裡出來。

柯羅的臉色一直很凝重，話也特別少。

「是我想的那樣嗎？」萊特站直身體。

柯羅嘆了口氣，他抓了抓一頭凌亂的黑髮，然後說：「傳聞巫族只要有子嗣後，力量就會逐漸衰弱，因為巫力會傳到你的子嗣身上。」

「我聽過這個說法。」萊特點點頭。

「巫族的壽命比普通人還長，男巫們如果沒有子嗣，會像絲蘭那樣，雖然同樣會老化，但速度比起常人慢上許多；女巫們更特別，沒有子嗣的女巫幾乎不會老去，力量也不會衰退。」

「然而？」

「然而女巫一旦誕下子嗣，她的老化速度就會變得跟常人一樣，巫力也會逐漸流動給子嗣，直到子嗣們繼承家族頭銜。」柯羅說：「所以當一顆星星殞落會點亮另一顆星星，就表示——」

「喔。」萊特的臉色黯淡下來，垂著腦袋道：「榭汀的巫力是蘿絲瑪麗的衰弱帶來的。」

柯羅瞪著萊特，對方的臉看起來很傷心，甚至感覺比榭汀還難過。

不知道該說什麼，柯羅只是清了清喉嚨說：「別露出那種臉，我們都知道這只是時間的問題。況且現在蘿絲瑪麗還好好地躺在裡面，她只是……需要睡個好覺而已。」

柯羅想咬自己的舌頭，自己安慰人的技術實在太差了，差到忍不住紅了臉。

「也是，希望奶奶能趕快好起來。」萊特抬起頭對著柯羅微笑，「不過鹿學長大概會很自責，我們先不要告訴他這件事好了。」

柯羅沒多說什麼，只是點了點頭。同時間，榭汀從醫護室裡走了出來。

「對，所以你們最好不要有人大嘴巴。」榭汀一邊將捲起來的袖子重新拉直並扣好袖釦，一邊說。

「柴郡回去了？」

「對。」

「你還好嗎？」萊特詢問。

「很好，為什麼這麼問？」榭汀反問，他的表情看上去確實沒什麼太大的變化。

你這次向柴郡奉獻了對誰的喜愛？萊特把原本想問的話吞回嘴裡，這個時間點或許不適合問這種問題。

柯羅奉獻自己的美好記憶給蝕，交換了壞的記憶回來；威廉奉獻了自己的美貌給伏蘿，每次召喚都是一場對身體的折磨；絲蘭奉獻給亞拉妮克的是他的資訊……無論何者，當他們將自己重要的東西奉獻給使魔後，總是會陷入短暫的消沉。

榭汀就不一樣了，當他獻出他對某個人的喜愛，似乎就只是獻出喜愛而已，他不會有任何感覺——萊特不禁猜想著，榭汀究竟在多早之前就獻出了自己對蘿絲瑪麗的喜愛，才會導致他現在的冷漠疏離？

再這樣下去，榭汀是不是會對身邊的每一個人都不再有情感呢？

「沒什麼，只是想關心你而已。」萊特看著這樣的貓先生，忍不住替對方感到難受。

「謝謝，但我現在最不需要的就是偷花賊的關心。」榭汀皮笑肉不笑地白了萊特一眼。

或許是奉獻掉對他的愛了。看著貓先生嘲弄的笑，萊特心裡又想——前提是如果貓先生對他有過愛的話。

「蘿絲瑪麗暫時就安置在這裡，你們不用太擔心，我會確保她不受到任何痛苦。」榭汀釦上右腕上的袖釦。

「她什麼時候會醒來？」萊特又問。

「我不知道。替她祈禱吧，教士。」榭汀的語氣聽起來有點不耐煩了。

貓先生絕對是奉獻掉對他的愛了！萊特像隻大型犬一樣可憐兮兮地縮在柯羅身後。

「別把你對針蠍的氣撒在萊特身上，榭汀。」柯羅雙手環胸瞪著榭汀，他挑眉：「別忘了，我們可是下了地獄一趟，剛剛才有驚無險地回到現世，就為了你那隻愚蠢的快樂瑪麗安。」

柯羅個子小歸小，此時在萊特眼裡卻像個勇猛的巨漢一樣，自己攀在他的身後探頭探腦。

榭汀盯著兩人，在沉默了幾秒後，他竟然退讓了。

「好吧，你說的有道理，是我的錯。」榭汀看向萊特，貓先生第一次露出了疲態。「因為事情沒想像中順利，讓我有點焦慮，但把脾氣發在你身上確實一點助益也沒有。」

「我明白，但你不用擔心，雖然不是很順利，不過至少我們現在有進展了不是嗎？」萊特很快又笑咧了嘴。

「不是找到快樂瑪麗安就沒事了，除去蠍毒，還有丹鹿的記憶需要處理，而我身邊現在又沒了蘿絲瑪麗——」

「但你還有我們。榭汀，不是只有你一個人想讓鹿學長恢復成原狀。」萊特說。

「你有想到解決方法？」榭汀挑眉，看著站在柯羅身後的萊特，覺得對方像是隻有了主人撐腰的大型犬。

「還沒有……」萊特有點心虛，不過很快又在柯羅身後挺起胸膛說：「不過只要我們一起合作，我相信就算蘿絲瑪麗奶奶暫時缺席，我們也能找出辦法。」

榭汀眯起眼，有時候萊特處理事情的態度正面到都讓他懷疑這傢伙會在下一秒唱起歌來（有幾次他確實真的唱起了歌），他很好奇對方怎麼到現在都還沒被自己的過度樂觀淹死。

「畢竟我們都能從地獄爬回來了，憑什麼解決不了針蠍的小把戲呢？」萊特攤手。

榭汀哼了聲，他知道萊特為什麼還沒被樂觀淹死了——因為對方真的是個很幸運的傢伙。

大概就是幸運造就了他時常令人火冒三丈的個性吧？榭汀想。

然而他不得不承認，就算萊特那種樂觀性格常常讓他火大，當萊特給出那種樂觀又自信的保證時，還是相當具有安撫人心的效果——即便自己理智上認為對方的想法太過天真與不切實際。

萊特給人一種很詭異的安定感，或許他就是這麼收服柯羅的吧？榭汀看向柯羅。

「幹嘛這樣看我？」柯羅凶巴巴地瞪著榭汀。

榭汀搖搖頭，放鬆了緊繃一整天的肩膀，終於向萊特釋出善意：「聽著……我知道你們剛從地獄回來已經很累了，但我現在必須去看看絲蘭那邊的狀況，你們要去嗎？」

「當然要去了！不知道絲蘭抓到瑪麗安了沒？我超想看看瑪麗安到底長什麼模樣，我能幫她拍張照嗎？或是讓我留她的爪子拓印？或是讓我發到推特——」

榭汀深吸了口氣，瞪向柯羅。柯羅只是挑起眉頭，紋風不動地站在聒噪的萊特面前。

「隨便啦，如果她同意的話，你要跟她結婚也行。」榭汀嘆息。

CHAPTER 5

雙重攻擊

絲蘭沒料到身為黑萊塔最資深的男巫的自己，竟被分派了這項工作。

站在黑萊塔地下室的冷藏櫃旁，絲蘭瞪著他從冷藏櫃裡拉出來的里茲屍體。

回想幾分鐘前，在榭汀望著他，並說出：「你不覺得穿短褲的小男孩最適合抓變色龍了嗎」這種屁話時，他就該拒絕這項任務，然後派出蜘蛛們先殺掉小貓咪的。

還有，在金髮的小蕭伍德在一旁搧風點火地學著卡麥兒的語氣說「絲蘭先生是最資深、最偉大的男巫之一，一定兩三下就能抓到變色龍吧」時，他就不該死要面子地回答「當然，那有什麼困難的」，然後再派出蜘蛛們殺掉小太陽，還有格雷。

前者是因為他老愛學麥子說話，還學得有模有樣；後者沒為什麼，純粹是因為他想。

絲蘭也不知道自己究竟著了什麼魔，才會在沒有屠殺這些沒禮貌的年輕男巫和教士們的情況下，傻傻地答應他們的任務分配。

這很可能跟樹汀的辦公室被搞得一團亂，櫃子裡的魔藥和粉末都灑得亂七八糟有關。

自己當就時站在離魔藥櫃最近的地方，一定是他不小心吸進了會讓人瞬間變成阿呆的魔藥，而且那個藥效可能還在持續……

絲蘭死瞪著里茲的臉，忽然發現男巫臉上的八字鬍不見了。

等等，他剛剛打開冰櫃的時候，對方臉上的蠢八字鬍還在，只是在他低頭確認卡麥兒傳給他的簡訊的短短幾秒內，蠢八字鬍就不見了。

「好，絲蘭，你是個活了幾十年、經驗老道的男巫，不該犯這種愚蠢的錯誤。」絲蘭深吸了口氣，自言自語道：「現在冷靜下來，仔細想想該怎麼在那些死小孩發現你出錯前找出那隻蠢變色龍。」

絲蘭四處張望著，仔細觀察著周遭，然後他看到冰櫃反射出自己的倒影。

「該死的！我現在看起來還真像是個要去捕捉變色龍當暑假作業的小男孩！」羞恥與惱怒悄悄湧上的同時——「嗯？冰淇淋？」絲蘭隨手抓住了其中一

個冰櫃裡放置的冰淇淋搖晃。

夢蜥家的變色龍很狡猾，牠們不只隨著環境變化顏色，還能將自己幻化成任何一樣物品並融入環境中。因此，即便絲蘭已經即時封閉了所有出入口，他還是對快樂瑪麗安在哪裡毫無頭緒。

要找到這些變色龍，唯一的辦法只有徒手去掐住任何可疑的東西並搖晃，才能讓這種狡猾的變色龍在暈眩中現出原身。

放置屍體的冰櫃裡竟然有冰淇淋，非常可疑。

絲蘭的推理很有邏輯，但是當他將冰淇淋搖晃到香草味的奶油噴了滿手後，他將冰淇淋盒子轉過來一看，上頭只貼著一張寫著「約書．克拉瑪」的紙條。

「到底為什麼會把冰淇淋放在這裡！」絲蘭額際的青筋一暴，將冰淇淋砸在地上。

「好，再次深呼吸，不要激動，這樣下去你永遠找不完的，絲蘭。」絲蘭無奈地抹了把臉，「還有，快點停止自言自語，到底為什麼我一直在自言自語？可惡，一定是小貓咪的藥水……閉嘴！絲蘭，快閉嘴！」

絲蘭快抓狂了，他搖搖頭，決定——

「我的小蜘蛛們，快來幫助你們的父親，我需要找到混在這空間裡的變色龍。」紫色的蜘蛛們開始聚集在絲蘭腳下，等待命令。

絲蘭來回踱步，他的蜘蛛軍隊們跟著他來回踱步。

「找到快樂瑪麗安，她可能是任何一樣物品，所以掐住任何一樣東西開始搖晃，發現了就把她帶回來給我！」絲蘭像個邪惡反派一樣派出了蜘蛛大軍。

蜘蛛們開始到處亂射蜘蛛網，把每一樣物品包起來之後集體推倒並且搖晃。很快的，放在冷藏櫃裡的各種優格、果凍和冰淇淋都被掐住甩動，可惜全都毫無反應，黏稠的液體灑了滿地都是。

二十四小時後，發現自己偷藏起來的食物全都被隨便破壞的約書・克拉瑪將會經歷一次精神上的崩潰。現在的他還心平氣和地在外查案，全然不知自己的心肝寶貝們發生了什麼事。

很快的，整個房間裡都布滿了蜘蛛絲，物品倒的倒、破的破，但仍不見變色龍的蹤影。

「不可能，那隻狡猾的變色龍一定在這裡！」絲蘭摸著下巴，看向自己殷勤工作的蜘蛛們，其中有隻蜘蛛獨自繞著灑出來的冰淇淋團團轉。

絲蘭哼了一聲，他的蜘蛛裡或許有很ㄎㄧㄤ和很笨的，但從來沒有懶散的。

「別動！妳這隻狡猾臭變色龍！」絲蘭大步一邁，就要抓住那隻偷懶的蜘蛛。

蜘蛛的警覺性很強，頓時開始到處逃竄。

「抓住她！」絲蘭喊著，蜘蛛們開始追著那隻蜘蛛跑。

就在這時，門外傳來了急促的腳步聲。

聽著那重重的踱步聲，絲蘭大概猜到了會是誰，他即時將自己變回了成人的型態。

果然，當門被打開來，探進頭的就是那個整張臉氣到紅噗噗、兩隻大眼裡泛著淚光的小仙女卡麥兒。她粗喘著氣，看樣子剛經歷了一番激烈奔跑。

「妳怎麼這個時候回來？」絲蘭皺著眉頭，這句話本來不該說出口的。

「你還說！都是你！絲蘭先生，你怎麼可以這樣對我！你知道我一路跑回來有多辛苦嗎？」獨自一人在外跑了好幾個小時，小仙女真的要氣哭了。「你怎麼可以隨便把我排除在外？」

「當然是要避免妳做傻事，自願去地獄行什麼的……要是妳出事了怎麼辦？我會擔心，可能還會很傷心──喔！拜託，閉嘴！」絲蘭想掐死自己，但他就是控制不住自己的嘴。

他吸到的藥物裡可能還有吐實的成分在，這下好了，他幾乎把所有心裡話都說出來了。

「你怎麼可以叫我閉嘴？」好在卡麥兒一點也沒注意到。

「我不是叫妳閉嘴，我是叫我自己閉嘴！」絲蘭鬆了口氣，好險這女人神經粗得跟恐龍一樣。「還有妳為什麼不叫車回來？」

「我、我……」顯然神經粗如恐龍的卡麥兒並沒有想到這件事，她漲紅雙頰指著絲蘭轉移話題：「總之下次你再隨便把我傳送到莫名其妙的地方的話，我就不跟你好了！我還會取消我們的下午茶約會和——」

卡麥兒頓了頓，她注意到了一團混亂的室內還有被從冰櫃裡翻出來的甜點。

「絲蘭先生，你為什麼把這裡弄得一團亂？地、地上那些是大學長藏起來的點心嗎？你為什麼要弄翻它們，大學長會送你去異端審判的！」卡麥兒神色驚慌，沒注意到一隻蜘蛛正朝著她的方向奔跑。

「快關上門！瑪麗安要跑出去了！」慌亂中，絲蘭伸出手指一勾，一股力量便抓著卡麥兒將她拽進門內。

然而門被關上的同時，小仙女也摔在地上，直接壓在了那隻蜘蛛上頭，砰一聲——

「麥子！」

絲蘭上前查去看倒在地上的卡麥兒，正想把人從一團混亂的蜘蛛網內拉起，卻看到倒在地上的——竟然有兩個卡麥兒。

絲蘭退後了兩步，他揉揉眼睛。

「現在是怎樣？」

「你還好吧？」萊特小聲地在柯羅耳邊詢問。

「你幹嘛到處問人好不好？」柯羅莫名其妙地瞪了走在他身旁的萊特一眼。

他們跟著榭汀在前往地下室的路上，貓先生獨自一人走在最前面。

「因為你們男巫都有表達情緒的障礙，喜歡把所有情緒藏在心裡一個人承受。這很不健康耶，你們需要分享和發洩情緒。」

「閉嘴。」

「好吧，但你必須先告訴我你好不好。你剛剛也召喚出了蝕，他有……做什麼嗎？」萊特小心翼翼地問，一邊觀察柯羅的表情。

柯羅皺著眉頭，在萊特緊迫盯人的視線下他嘆了口氣：「我很好，不要一副我得了重病快死掉的模樣，蝕什麼也沒做。」

「真的？」

「對，本來我在地獄邊緣裡召喚出來的就只是牠的靈魂，在我們被帶回現實之後，牠就乖乖回到我的身體裡了。」

已經好幾次都這樣了，蝕選擇被召喚出來，但又不要求進食，乖巧配合得很。蝕並不是寵物，牠不進食也能活好幾百年，柯羅一點都不擔心。

柯羅只是擔心蝕在醞釀著什麼……不過這個憂慮他不打算讓萊特知道，不然這傢伙會在接下來的二十四小時內持續不間斷地關心他每一秒的狀況。

事情已經夠多了，柯羅暫時還時還不想犯下謀殺罪。

「牠這次根本沒幫上什麼忙，還變成一個圓滾滾的小嬰兒，大概也沒臉討獎賞就逃回去了吧。」柯羅聳聳肩，裝作一副沒什麼大不了的樣子。

「是這樣嗎？」萊特歪著腦袋，就在這時，前面的榭汀停下了腳步。

「我希望絲蘭已經抓到那隻臭變色龍了，我們等等可能還需要討論一下怎麼讓快樂瑪麗安逼出丹鹿的蠍毒……」榭汀邊說邊準備打開冷藏室的門。

「絲蘭先生是最厲害的男巫！他一定馬上就抓到那隻變色龍了！」萊特又在學小仙女說話。

保持著嚴肅的臉，柯羅不小心噗哧了一聲。

「你們真的很幼稚。」榭汀挑眉，搖了搖頭。

然而在榭汀轉過頭後，萊特又學了榭汀挑眉的模樣，柯羅這次憋笑憋到臉都紅了。

「你們別以為我沒注意到你們在幹嘛……」榭汀瞇著眼警告他們，只是他剛轉過頭，整個人就摔進了冷藏室內。

「榭汀！」萊特和柯羅才剛上前查看狀況，兩個人就一同被一股力量拉進室內。

當他們一起摔進冷藏室內，大門自動甩上，發出了很大的聲響。

「快進來！不能讓她有機會跑出去！」

摔在地上的三人一抬頭，只見絲蘭狼狽地站在蜘蛛網中，而站在他身後的是兩個卡麥兒。

等等，兩個卡麥兒？

「這是怎麼回事？絲蘭，你還沒抓住瑪麗安嗎？」榭汀從地上爬起，把纏到身上的蜘蛛網全部撥掉。

「這不是我的問題，是科技發達和資訊爆炸的錯，我就說我們不該過度使用科技，我只是低頭看了個簡訊就讓她跑掉了……我試著要在你們發現我出錯前補救這件事，但麥子忽然闖進來，所以她也有錯……現在我還沒解決我的問題，你們又闖了進來……真是太丟臉了！一切都丟臉死了！」絲蘭話說個不停，就算他遮住嘴也沒用。

萊特和柯羅面面相覷，榭汀則是笑出了聲，他看向絲蘭：「你一定是吸到我辦公室裡的藥水了。我發現有一瓶皮諾丘的真言被打破，藥水都灑出來了，剛好這種藥會讓人變得配合，也變得多話——我就在想說，怎麼你今天特別聽話和配合呢。」

「你為什麼要調這種沒有用的藥水？你這隻臭貓咪！雖然我喜歡貓咪，但你是隻臭貓咪，現在快點幫我解決這個情況！」絲蘭不高興地吼著。

「那本來是要用在里茲身上的，只可惜來不及用人就死了。」榭汀解釋。

「別擔心，喝兩公升的水，多打幾個嗝之後藥效就會慢慢退掉。」

絲蘭翻了個白眼，打聲響指後，茶几和茶壺便從天上出現的小洞掉在他面前。茶壺開始自顧自地往茶杯裡倒水，絲蘭毫不猶豫地抓起茶杯猛灌起來。

等絲蘭灌夠了水，榭汀才指著他身後的卡麥兒，然後詢問：「現在解釋一下這是怎麼回事。」

絲蘭又喝了一杯水後才緩緩道：「夢蜥家的變色龍簡直是難以想像地狡猾，瑪麗安先是變成了我的蜘蛛，在我要抓她的時候麥子正好進來，一不小心撞上了瑪麗安，現在瑪麗安變成了她……」

「我才是真的卡麥兒！」兩個卡麥兒同時指著自己說。

「妳這個假貨！」兩個卡麥兒又同時指著對方說。

榭汀挑眉，他歪了歪腦袋：「傳聞悲傷的安東尼可以偽裝成任何物品，卻沒聽過牠們可以偽裝成人類。」

「也許母的不一樣？」萊特說。

「確實有很大的可能性。雖然我們有悲傷安東尼的相關研究資料，但快樂瑪麗安的研究卻很少，因為里茲那個傢伙一直把她放在嘴邊當八字鬍用！」一提到里茲，貓先生就火冒三丈。

「可以偽裝成人，實在太新奇了！」萊特嘖嘖稱奇，他繞著兩個卡麥兒轉。

「學弟，聽著，我才是你真正的學姊！」兩個卡麥兒捧著胸口發誓。

「哇啊，她們幾乎同步了，連我這麼擅長模仿學姐的人都很難分辨哪個才是真的！」萊特說。

「絲蘭先生，我才是真的！你要相信我！」兩個卡麥兒都轉向絲蘭求救，她們淚眼汪汪地攀著男巫。

被左右夾攻的絲蘭看上去有點慌張，他脫口而出：「兩個太多了，我只想要一個！」

「只想要一個？」榭汀和萊特同時挑眉看向絲蘭。

絲蘭發出一聲咕噥，他拉開兩個卡麥兒繼續灌起水來，直到自己打嗝為止。

「為什麼你們都看不出來？我才是卡麥兒！」兩個小仙女看起來都相當崩潰。

「演技很好呢，瑪麗安。」萊特讚賞地點著頭。

「不要在那裡浪費時間稱讚她的爛演技！柯羅，你抓一個，我抓一個。」榭汀喊道。

他和柯羅很有默契地同時走上前，一人抓住一個卡麥兒的手臂。

「會有點晃，忍耐一下，小仙女。」

「等……」

不給卡麥兒們反應的時間，榭汀和柯羅開始用力搖晃起兩個卡麥兒，把她們晃得昏頭暈腦的，直到其中一個卡麥兒反手抓住了柯羅。

碰一聲，像魔術一般的白色煙霧炸開，其中一個卡麥兒不見了，倒是出現了兩個柯羅。

「搞什麼鬼！」柯羅對著柯羅大喊。

「不要學我！」柯羅又對著柯羅大喊。

「哇，有兩個柯羅！」萊特拿出了手機錄影。

「不要拍！你這王八蛋！」柯羅和柯羅同時出聲制止萊特，兩個柯羅混在一起，揮拳就要揍他。

「你是真的柯羅嗎？還是是你！」萊特隨便抓了一個柯羅就開始搖晃。

「這樣下去沒完沒了。」看著打打鬧鬧的萊特和兩個柯羅，榭汀頭疼地搖了搖腦袋，他沒料到快樂瑪麗安竟然如此狡詐。比起只能偽裝成物品的悲傷安東尼，她不僅能偽裝成人，還更加——

轉眼間，兩個柯羅只剩一個，萊特倒是變成了兩個。

「哇！有兩個我！」兩個萊特看著對方捧著臉大喊時，在場的其他男巫全都倒抽了口氣。其他人變成兩個就是兩個，然而以簡單的數學邏輯來說，萊特一旦變成兩個萊特，就等於是變成了三萬八千個萊特，煩躁度直接突破天際再穿越宇宙。

「你真是個可愛的小帥哥，是不是？喔，你是的，你是的！」萊特看著萊特，兩個萊特一起搔首弄姿。「快看我們！柯羅！」

「快想點辦法！」柯羅看向榭汀，額頭上的青筋快爆出來了。

「這次換我來！」卡麥兒掄起袖子準備要上去抓人，卻被絲蘭一把拎住了領子。

「別去，妳去也只是循環剛剛的過程而已，沒有任何幫助。」絲蘭說。雖然兩個萊特很煩，但他更沒辦法應付兩個擠在他身邊求救的小仙女。

「簡直像在照鏡子一樣。」萊特做著各種稀奇古怪的動作，快樂瑪麗安也用他的身體、他的臉做著各種稀奇古怪的動作，但他們之中也只有他們自己才知道誰是冒牌貨。

快樂瑪麗安的偽裝是同步的，不管萊特做什麼，她就做什麼，她甚至知道他下一秒要從嘴裡吐出什麼話。

「聽說變色龍怕溫差，也許我們該把兩個萊特都先用滾水燙過再丟入冰水裡，看看哪個會現出原形——別擔心，我這裡有藥水可以讓他們撐過可怕的熱水和冷水又不死掉。」榭汀相當認真地考慮這個提議。

半秒後，絲蘭一臉嚴肅且毫無同情心地開口：「好主意，我讓蜘蛛用蜘蛛絲抓住他們。」

「喂、喂！慢著慢著——」兩個萊特各退一步，躲到了柯羅背後，只探出他們金色的腦袋：「我有個主意，而且這應該是個最簡單的方法，先讓我試試看，沒用的話再把我們抓去川燙然後切片沾醬油吃之類的。」

榭汀和絲蘭互看了眼，他們雙手環胸看著萊特們：「好，你試。」

兩個萊特吞了口唾沫，他們看向對方，然後靠近對方，凝望對方——

「你們是要接吻了是不是？」榭汀問。

「天呀！太刺激了吧！」卡麥兒紅著臉，發出了像花栗鼠一樣的尖叫聲。

「這有什麼好刺激的？」絲蘭皺著眉頭。

「你不懂啦這是女人的浪漫！」

「男男還是人獸的部分？」

「都有！」

絲蘭真的不懂女人的浪漫。

但萊特們沒有如其他人所想的親吻對方，而是抓住對方的手臂，開始粗暴地搖晃起對方。

「自己、搖、自己、就、跑、不、掉了、吧！」萊特搖晃著萊特，死命地要把對方搖到吐為止。

榭汀挑眉，看著像瘋子一樣的兩個萊特，他倒是沒想過這個辦法。然而快樂瑪麗安相當頑強，一分鐘過去什麼事都沒發生。

「我看我們還是川燙吧？」榭汀轉過頭對絲蘭說。

「好主意。」絲蘭點頭。

正當兩位男巫要按照原定計畫進行時，柯羅抬手制止了他們：「等等，不一樣了！」

柯羅指著兩人的影子，其中一個萊特的影子不只變小，還長出了尾巴。

「快、點、露、出、妳、的、真、面、目！」萊特咬著牙說，就在他快吐出來之前，另一個萊特終於有了異狀。

那個「萊特」的臉一陣紅一陣綠，肌膚上開始長出顆粒狀鱗片，眼睛跟著突出，長長的舌頭不斷吐出來，金色頭髮則是變成了蓬鬆的粉紅色。

幾秒後，像是瞬間消風的氣球，那個「萊特」逐漸在本尊手中縮小，最後變得可以一手抓住。

真正萊特打著噁心，氣喘吁吁地看著手裡──約一個手臂大小，有著土耳其藍鱗片、粉色毛髮的變色龍正攀在他的手臂上，噁心地吐著粉紅色舌頭。

「抓到了！」

在萊特興奮地舉起手中的快樂瑪麗安之際，瑪麗安也「嘔嘔嘔嘔嘔」地吐出了一坨彩色嘔吐物到他臉上。

CHAPTER

6

反噬

豪宅外游泳池內的水被燒得一滴不剩，只剩焦黑的痕跡。

「好可惜，我也想要這樣的豪宅和游泳池。」約書語氣惋惜地說。

「那就買啊。」伊甸在被燒得焦黑的豪宅外頭四處晃了晃，最後越過警方拉起的封鎖線進入屋內，約書尾隨在後。

「我沒錢。」

「錢都花去哪裡了？」

「我還……真的不曉得。」可能有一部分，很大的一部分花在邪惡米○鼠樂園和其周邊產品上了。約書一邊思考著，一邊拿出他有著米○鼠耳朵的小手電筒，試圖照亮黑漆漆的豪宅內部。

「把你那根沒用的東西收起來吧。」伊甸瞥了約書一眼。

「你竟然膽敢說米○鼠的這根沒用！」約書用手電筒照著自己的臉，光源也只夠照亮他波瀾不驚的臉而已。

伊甸什麼話也沒說，隨手丟了幾顆小小的透明圓球到空中，圓球在天花板上打開，形狀變得像水母，緩慢地在空中飄浮著，並散發出明亮的日光，輕鬆地照亮了整個室內。

約書抬頭看著那些水母燈，他瞇起眼，一邊碎念著什麼一邊把他的米○鼠手電筒收起來，並開始翻閱事典。他說：「根據警方給我們的資料，屋主是一對夫妻，兩人都有份體面高薪的工作，附近鄰居也說他們滿平易近人的，是對看起來很恩愛的夫妻。」

「這裡還真是被燒得非常徹底。」聽著約書報告的同時，伊甸環視著豪宅內部。

豪宅內的所有東西都被大火吞蝕過，燒得一片焦黑，像乾涸掉的黑色岩漿。

約書跟在伊甸身後繼續說著：「不過從這幾天開始，這對夫妻忽然開始曠職不去上班，也變得很少外出。還有鄰居表示，最近偶爾會聽到他們深夜在家裡舉行派對。」

「派對？」

「對，像群無聊的青少年一樣吵鬧，還有鄰居敲門抗議過，但出來應門的卻是這對夫妻的朋友。」

「知道是誰嗎？」

「不知道，鄰居說不認識。」

「那記得長相嗎？」

「有趣的事來了，鄰居說他完全不記得對方的長相，他試圖回想，但只有一片模糊。」約書有默契地抬起頭來和伊甸對看了一眼。

「確實很有趣。」

見過一個人卻完全不記得對方的模樣，甚至回憶時只剩一片模糊，很多人不知道這是巫族們間的一種小把戲。

「鄰居還說除了派對聲，半夜還時常會聽見夫妻們歇斯底里的笑聲或哭聲，他們以為夫妻倆嗑藥嗑嗨了，正打算報警處理，夫妻倆就忽然自焚了。」約書戲劇性地描繪著：「而且就在一夜之間，在完全沒人發現房子燒起來的情況下。」

「沒人發現？」

「對，房子發生火災當晚，沒人看見火光甚至是聞到燒焦味，是不是很奇怪？」這也是為什麼約書會想來調查這個案件的原因之一，另一個原因則是他想順便溜出辦公室透透氣，以免失手擊斃家裡那些笨學弟和笨男巫們。

伊甸停在客廳，然後盯著地板看。

「你說他們是自焚對嗎？」

「警方原本以為是意外失火，到現場勘查時才發現起火點來自死在客廳的夫妻倆的屍體……」

約書跟著探頭查看，只見焦黑的地板上有兩塊白色印子，像是兩個側躺對視的人影。

「他們死亡時雙手交握著，屍檢結果發現他們自焚時是全程清醒的。」約書說。

伊甸點了點頭，蹲下身來，從懷裡拿出好幾隻用白色毛線織成的巫毒娃娃，與之前的巫毒娃娃不同，它們沒有五官，只是白色毛線織成的人形。

「你的外套到底有多少口袋？」約書一邊跟著蹲下來一邊問。

「四萬五千個。」

「胡說八道。」

伊甸沒有應話，用巫毒娃娃的腦袋分別在焦黑的地板上抹了一圈，然後將它們全灑在地板上。

「醒醒，孩子們，我需要你們爬起來告訴我，現場有幾個人？發生了什麼事？」

幾秒鐘後，散落在地上的巫毒娃娃裡有四隻爬了起來，其中兩隻就跪坐在死者屍體被發現之處，另外兩隻則蹦蹦跳跳地跑去坐在被燒得黑漆漆的吧檯上，翹著二郎腿，好像在喝酒聊天一樣。

「所以總共是四個人。」約書說。

「繼續看。」

約書和伊甸等了一陣子，坐在吧檯上的巫毒娃娃們裝模作樣地喝著酒，其中之一卻忽然跳下椅子，走向跪坐在地板上的兩隻巫毒娃娃。

那隻巫毒娃娃就站在跪坐的兩隻巫毒娃娃面前，高舉著雙手，另外兩隻巫毒娃娃則向膜拜神一樣膜拜著它。

「這是真實場景還原嗎？」約書問，高舉雙手的巫毒娃娃看上去有點戲劇化，好像在演哈姆雷特一樣。

「這些巫毒娃娃們的個性有點浮誇，或許會添加些無傷大雅的戲劇張力，不過還是有百分之九十的真實性。」

「它們還有不同的個性？」

「對，按顏色分類，白色的個性浮誇，紅色的脾氣很差，藍色的就是些討厭鬼，黃色的愛開黃腔，綠色的——」

「好了，我不是女巫小達人，你不用跟我解釋這麼多。」約書打斷伊甸的話，然後滑著他的平板繼續說：「你說這對夫妻會不會是在崇拜邪教？可是資料上又顯示他們是無神論者，最近一次參加類似的宗教集會，只有跟著群眾去圍觀了異端裁判庭的過程而已。」

「他們的行為是從那之後開始變得奇怪嗎？」

「是。」

「也許我們該查查當天去湊熱鬧的人群都是些什麼人。」

「有道理。」

約書拿起手機正打算準備一些聯絡事項，他們頭頂上的水母燈開始詭異地閃爍起來，一股奇怪的熱風吹進了房內。他和伊甸互看了眼，又看向客廳裡的娃娃們。

兩隻跪坐的娃娃不知何時躺在地上，面對面地握著對方的手，一縷黑煙和焦味傳出，它們的白色毛線開始燒焦蜷曲，黑色粉塵跟著微弱的火光瀰漫。

那隻像是邪教教主一樣的巫毒娃娃則繼續高舉雙手，動也不動。

「這狀況似曾相識，是不是？」伊甸輕哼一聲，兩隻娃娃不斷顫動著，它們燒焦的過程痛苦又漫長。

「並不是自焚，有人幫了他們。」約書說。

「看來是的。」

約書瞇起眼，看向站在兩隻燒焦的娃娃旁高舉雙手的巫毒娃娃，用手上拿著的筆戳了它的腦袋一下：「好吧，看來我們必須想辦法弄清楚你到底是誰。」

那隻娃娃像有意識似地看著約書，一副挑釁樣。

約書挑眉，咬開筆蓋，正打算替沒被縫上五官的巫毒娃娃畫上眼睛和嘴巴，餘光卻注意到有另一隻巫毒娃娃站了起來。

黑色粉塵飄到了那隻忽然站起的第五號巫毒娃娃身上，把它白色的毛線全染灰了。整身灰的巫毒娃娃步伐不穩地左右搖晃著，線頭鬆散脫落，體型卻越變越大，像團不斷增生的雜亂毛線。

兩道血紅的目光從毛線的縫隙中透了出來，瞪著約書。

「別鬧了，這又不可愛，你起碼也變隻大泰迪熊給我。」約書拍了伊旬一掌，伊甸卻沒回話，只是面色凝重地望著眼前越變越大的巫毒娃娃。

「喂……不要跟我說這不是你變的。」

「當然不是我，看來當時在現場的不只四個人，可能還有第五個人，又或者——這第五個不是人。」

一眨眼時間，那隻巫毒娃娃從手掌大小變成了一隻足以頂到天花板的毛線怪物。毛線怪物居高臨下地盯著約書和伊甸，嘴部露出了一條黑色的裂縫，像是在大笑一樣，看起來很詭異。

約書張嘴看著那隻巨大的毛線怪物，實在沒想到深夜出差還必須面對一隻巨大怪物。

「喂喂，快想辦法！我還沒買好醫療保險！」眼看著毛線怪物就要掄起拳頭揍他們，約書又連拍了伊甸好幾掌。

伊甸不為所動地瞪著眼前的怪物，他伸手掐住站在毛線怪物前方的那隻巫毒娃娃，用幾乎慍怒的語氣喃喃道：「你們是我的作品、我的藝術，永遠只聽從我的指示，無論是什麼無聊的惡作劇巫術，你們都必須想盡辦法擺脫，就算是犧牲自己也是如此！」

毛線怪物抱著肚子抖動起來，像是聽到了什麼笑話一樣，焦黑的線頭不斷從嘴裡掉出，像蛇一樣地朝兩人爬去。它戲劇性地張口無聲吼叫，掄起拳頭抬起腳就準備往伊甸和約書身上砸。

就在約書準備把伊甸拖離現場之際，伊甸用手指扭歪了巫毒娃娃的腦袋，他冷冷喊道：「我才是你們的創造者，聽我的命令，立刻停止！」

毛線怪物的身形一頓，就在它的大腳要落在伊甸和約書的頭上前，身上的毛線全數散開，黑色粉塵更像煙霧一樣四散各處。

一大坨像拖把般的厚重毛線散落在兩人頭上，黑色灰塵灑得他們灰頭土臉。

熱風褪去，室內恢復安靜，水母燈也亮了起來。

「咳咳！」從毛線堆裡爬了出來，約書抹掉臉上的黑灰，還有線頭，他踢掉纏繞在腳邊的毛線，看著周遭的一團混亂。「這到底是什麼鬼東西？」

「很邪惡的東西——也可能是某人的惡作劇巫術，對方知道我們會來查案。」伊旬指著前方，一抹黑霧慢慢地從空中飄落，最後落在地板上，留下了一個笑臉痕跡。

「這個王八蛋。」約書盯著地板上的笑臉痕跡，搖了搖頭，再看向伊旬手上的巫毒娃娃。

巫毒娃娃那空白的臉上竟出現了凹陷，看起來像在嘲笑他們。

「我們一定要想辦法確認對方的身分，不能再被耍得團團轉了。」

「我同意。」伊旬拍著身上的黑色粉塵，「不過在這之前，我們還是找個地方清理一下吧？這種巫術殘留的粉末很容易帶來壞運。」

「是嗎？」約書撥掉平板上的粉塵，然後歪了歪腦袋：「但我這裡倒是有好消息，格雷跟我回報說萊特他們已經從地獄回來，也知道快樂瑪麗安的下落了，一切看起來挺順利的。」

「喔？我還以為他們會搞砸一切，比如差點在地獄裡把自己搞丟之類的。」

伊甸說。

「或是出什麼意外把辦公室弄得亂七八糟，還毀損公物之類的。」約書接話。

兩人對望著著沉默了幾秒，直到約書面無表情的「哈哈」了兩聲。

「總之，先相信他們處理得不錯吧。」伊甸說。

「也是，都安排了三個教士顧場，還能出什麼問題……」約書拍掉身上的粉塵，擺擺頭：「我們走吧，先找個地方休息，明天還有其他案件要處理。」

「好。」

當萊特等人好不容易把快樂瑪麗安關進特製的玻璃牢籠後，已經是深夜的事了。

為了抓到可以治療丹鹿蠍毒的快樂瑪麗安，他們真是費了九牛二虎之力，從地獄再到人間。

「以防萬一，就由我來看顧快樂瑪麗安吧。」榭汀從萊特手上接過玻璃箱，在自己手上上了銬，另一端連接在玻璃箱上。

一直到這時，眾人才正式鬆了口氣。

「大家都累了，我想今晚暫時就到這裡吧。」榭汀說，他的臉上也露出了疲態。「休息一下，明天我們再繼續處理丹鹿的問題。」

「不如大家今晚就睡辦公室吧？」萊特提議，他正拿著毛巾擦拭頭髮上殘留的嘔吐物。快樂瑪麗安的嘔吐物摸起來像黏黏的口香糖，聞起來也像。「情況特殊，我們都在這裡的話比較能隨傳隨到。」

「你真的是這麼想的嗎？」柯羅問。

「我真的是這麼想，絕對沒有順便辦睡衣派對的意思。」萊特發誓。

「你——算了，隨便啦。」柯羅拍了拍臉頰，正在努力保持清醒的他已經懶得爭辯了。

「太好了！我會準備很多零食、舒服的棉被、幾部好看的電影、撲克牌和……」

「這明明就不是純粹想休息！」絲蘭忍不住主動擔任起吐槽的角色，因為柯羅看起來已經被他的教士同化了，而自己的藥效又還未完全褪去。

該死的魔藥！

絲蘭接著又喝了杯茶水才說：「我和麥子就罷了，我們才不想參加你們這種——」

「我要加入！」卡麥兒推開絲蘭舉著手喊道，她一臉興奮地抓著萊特：「我們還可以熱爆米花，一邊看星星看月亮，一邊談天說地……這簡直像回到了學生時代一樣，記得嗎？那次我們外出訓練一起過夜的時候……」

「你們一起過夜的時候？」絲蘭瞇起眼，不高興地說：「不，麥子，妳要跟我回家。」

紫髮紳士隨後用手杖敲了敲地板，一扇門出現在他們身邊。

「看到那扇門了沒？回家，麥子，回家！」絲蘭指著那扇自己打開的門，一邊拍著手，像驅趕寵物一樣地驅趕小仙女。

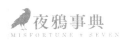

卡麥兒望向那扇門，她走過去，然後伸手把門甩上，一臉不屑地說：「我才不要回家！」

「喂！」絲蘭瞪著卡麥兒。

「要回家絲蘭先生你自己回家。」卡麥兒扠著腰說。

「對嘛，要回家絲蘭先生你自己回家。」萊特出神入化地學卡麥兒扠著腰說。

「你們——」絲蘭氣到青筋直冒，怎麼快樂瑪麗安都被關起來了，他還要面對兩個卡麥兒？

「我們應該找威廉一起來！」萊特對著卡麥兒說。

「好主意！」兩個人嘰嘰喳喳地討論著過夜事宜，已經從睡衣派對聊到了枕頭戰，完全偏離了原本過夜的用意。

絲蘭斜眼瞪了柯羅一眼：「你怎麼能忍受你的教士？」

柯羅瞪回去：「那你又怎麼能忍受你的教士？」

「麥子不一樣，麥子對我來說很重要。」語畢，絲蘭摀住了自己嘴。

「你還是多喝點水，少說話吧。」一旁的榭汀提醒。

「我恨你們這群小王八蛋！」絲蘭又灌起了茶水。

「貓先生要一起來嗎？」萊特插話。

「不了，我要先去確認一下格雷有沒有看好丹鹿，然後再去蘿絲瑪麗的書房一趟。在我們對丹鹿進行驅毒前，我還要研究一下快樂瑪麗安的正確使用方式，以免我們之中有誰又不小心差點在地獄把自己弄丟，或是把靈魂弄散了。」榭汀看了萊特和柯羅一眼。

「我又不是故意把線弄掉的。」柯羅翻了個白眼。

「如果有任何需要就找我們，知道嗎？」看著眼神疲憊的榭汀，萊特提醒。

貓先生沒說什麼，對著萊特點點頭後，他提起裝著快樂瑪麗安的玻璃牢籠，頭也不回地離開了地下室。

「那麼絲蘭先生呢？」卡麥兒接著轉頭看向絲蘭，兩隻眼睛眨個不停。「別回家了，要不要跟我一起留下來？」

絲蘭雙手放在自己的手杖上，一臉冷酷。他或許吸了不少皮諾丘的真言，但那只會讓他藏不住心裡的話，並不表示他腦袋壞了。

「我才不會去參加你們的什麼鬼睡衣派對！」

三十分鐘後。

絲蘭打著嗝，躺在自己的大床上，一臉厭世地瞪著頭頂上的大鐘。他人現在在柯羅和萊特的辦公室裡，身旁則是穿著睡衣不停往嘴裡塞零食的卡麥兒。

好吧，絲蘭覺得他的腦袋可能也壞了。

「你看，是不是滿好玩的？」卡麥兒說。

「一點也不好玩。」絲蘭後悔被卡麥兒拖來參加什麼睡衣派對了，他怎麼會答應這種事呢？皮諾丘的真言裡絕對有讓人變成老人痴呆的成分在。

「你明明就覺得很好玩！」卡麥兒笑道。

「不，才不好玩！」絲蘭瞪了她一眼，他認為自己會糊里糊塗留下，除了皮諾丘的真言，小仙女也必須負部分責任。

在卡麥兒的死纏爛打下，絲蘭總算同意參加了教士們的睡衣派對，只是他嫌棄萊特他們的辦公室寒酸，所以用巫術運來了自家的床、壁爐、衣櫃還有……嗯，幾乎所有東西了吧。

小仙女竟然還有臉捧著油滋滋的爆米花坐在他床上猛吃。

「妳敢把爆米花碎屑弄到我床上，等等我就把妳拎去和小蕭伍德他們一起睡地板！」

「好喔。」

她竟然真的打算要跟他們去睡地板。

「我要睡了，不准吵我！待會兒你們誰敢吵到我，我就送你們誰去西伯利亞冰原！」絲蘭氣呼呼地拉上眼罩，拉了棉被就背過身去。

「但學弟他們跑出去清理瑪麗安的嘔吐物之後就還沒回來，我現在好無聊。」小仙女用爪子拍了拍裹成一團的絲蘭，還得寸進尺地趴到他身上。

「下去！妳很重，我不想陪妳玩！」

「我沒有要你陪我玩，但是能不能把家裡的電視變過來？至少在學弟他們回來之前我可以打發時間。」

竟然還想要電視而不是他？絲蘭摘下眼罩瞪了卡麥兒一眼，對方學萊特那樣不停眨著眼：「拜託？絲蘭先生生生生——」

絲蘭嘖了一聲，撥開小仙女幫她把電視變了出來。皮諾丘的真言不只讓他變成阿呆，還讓他心腸也變得軟趴趴了。

在小仙女歡呼的同時，絲蘭爬起來繼續喝水，打幾個嗝，相信一覺起來就沒事了。

萊特花了一番工夫才把頭髮和衣服上的嘔吐物清裡掉，他不知道快樂瑪麗安都吃了些什麼，但還好她吐出來的東西聞起來也是口香糖味。

因為太稀奇了，萊特還收藏了一些嘔吐物起來，結果被柯羅用輕蔑的眼神看了。

「柯羅？」

萊特一邊擦著濕漉漉的金髮，一邊探頭探腦，但找了幾個地方都沒看到本該在衛浴間外等他的柯羅。

可能是去曬月亮了吧？萊特心想。

柯羅偶爾會在夜晚時跑出去曬曬月亮，女巫和男巫們不怎麼愛曬太陽，倒是很愛曬月亮。傳說巫族可以藉此吸收一些月亮的力量，所以他們也喜歡膜拜月亮；教士們就不一樣了，教廷崇尚光明，太陽對他們來說才是值得崇尚的力量。

萊特什麼都喜歡嘗試，所以他也曾跟著柯羅曬過幾次月亮。和柯羅什麼也不做，就是靜靜地躺在屋頂上曬月亮的感覺很不賴，偶爾柯羅心情好還會丟幾個煙火給他看。

身為教士，萊特喜歡這項女巫們的日常活動，雖然他同樣也喜歡和其他教士一樣在大白天跑出去曬太陽。

「算了。」萊特聳聳肩，看了眼窗外又大又圓的月亮後他笑了笑。反正柯羅等等可以利用他很酷的巫術找到自己。

放棄尋找柯羅後，萊特從黑萊塔內教士們共用的茶水間裡偷走了幾包標有「約書．克拉瑪」名字的零食和飲料。他做過好幾次了，不過大學長每次都會誤會是丹鹿或格雷做的，所以他向來沒在客氣。

但就在萊特抱著大包小包的東西準備回到辦公室時，他看見披著斗篷的威廉經過，並一路往自己的辦公室去。

威廉以身體不適拒絕了他們的睡衣派對邀約，萊特還以為他回家休養了，沒想到他仍在黑萊塔內。

沒有多想，萊特跟了上去。

「威廉！」

萊特敲響了威廉辦公室大門時，威廉正站在自己的辦公桌前，聽到萊特的聲音似乎讓他嚇了一跳，甚至退後了幾步。

「呃，抱歉，我不是故意要嚇你，只是來看看你的狀況而已。」萊特輕聲說道。不知道為什麼，從他和柯羅自地獄邊緣回到現世之後，威廉就一直刻意避著他們。

「你還好嗎？」萊特又問。在威廉被他的計畫逼著要強行召喚伏蘿，又必須強行將伏蘿請回後，威廉的狀況就一直很差。但他拒絕了他們的幫助，只是在確認完萊特和柯羅的靈魂已經確實回到身上之後，就匆匆離開了。

這讓萊特有點過意不去。

「我沒事。」威廉低著頭說，他變成淡綠色的髮絲從斗篷的帽兜中露出，他急忙將頭髮塞回去。

「威廉，別逞強。」萊特皺眉，因為年輕的男巫先前才在他們面前吐得撕心裂肺，如果仔細看他的手，還會發現他原本白淨的雙手現在滿布皺紋和裂痕，那是召喚伏蘿的代價。

雖然終究會復原，但萊特知道威廉很不好受，尤其是在格雷暫時被指派去看顧著鹿學長，他身邊沒有任何教士陪伴的情況下——雖然格雷在可能也好不到哪裡去。

「讓我看看。」萊特上前，小心翼翼地撥開威廉的斗篷。威廉的頭髮變得乾燥且枯黃，一張漂亮的臉蛋現在看上去消瘦且黯沉，但比起上次，這次情況比較沒這麼嚴重。

「看起來還好。」萊特鬆了口氣，他摸摸對方的腦袋。「有哪裡不舒服嗎？我去泡杯蜂蜜加冰牛奶給你？」

「不，我很好，你可以走了。」威廉撥開萊特的手，他向後瑟縮，重新戴上斗篷，試圖把自己醜陋的面貌遮掩起來。

「你確定嗎？但貓先生說過——」

「離開！萊特！」威廉喊道。

萊特愣了一下，面帶歉意地垂下腦袋。

「我很抱歉，威廉。我知道今天的事是我的錯，我沒有考慮到你召喚出伏蘿之後的後果……我知道這樣利用你不好，但那真的是我唯一能想到的方法了。」

威廉沒有回應，萊特看到他緊握著拳頭，還以為對方生氣了。

「所以如果有我能補償的——」

「不是這樣的……」

「什麼？」萊特沒聽清楚。

「我說不是這樣的！」威廉大吼，斗篷掉了下來，萊特看見他滿臉淚水。

「那跟你沒有關係……那是、是我的問題，是我害柯羅掉下去的……」

「不，你不需要自責。」萊特搖搖頭，輕按住威廉的肩膀：「當時是因為朱諾占據了鹿學長的身體，才害得你不小心——」

「不是不小心。」威廉不自在地抱住自己，身體輕輕顫抖著。

萊特歪了歪腦袋，看著威廉，不確定對方的意思。

「不是不小心，而是——」父親感到了忌妒。威廉想起伏蘿迴盪在他耳邊的那句話。「我當時並沒有被朱諾碰到，榭汀的使魔阻止了一切，我卻還是鬆開了柯羅的線。」

「為什麼？」萊特一臉震驚地鬆開了按著威廉肩膀的手。

「我、我很抱歉……」威廉抬頭看著退開的萊特，心底一沉。金髮教士是不是也要離他而去了？

「柯羅差點就回不來了！威廉，這不是在開玩笑！」

「我知道……」威廉的眼淚不斷往下掉，他試圖解釋：「但我真的不是故意的，伏蘿和我說了一些話，讓當時的我分心了……我只是稍微猶豫了一下，繩子、繩子就抓不住了……」

萊特沒有說話，神情帶了點受傷和失望。

「我不知道自己怎麼會這樣，我很後悔，真的！我用了所有力氣要把柯羅的線拉回來，可是線掉得太快，我根本來不及拉回……請你相信我！」

「我相信你，但是……」

「你說你做了什麼？」

一道聲音打斷了他們的對話，兩人同時往門口望去，柯羅正拉著萊特的影子站在門口。

CHAPTER 7

真相

柯羅大概氣炸了，在他們回辦公室的路上，走在柯羅身後的萊特看見他的影子一起一伏，不斷地拉長拉大，像個憤怒的巨人。

剛剛如果不是因為萊特在場，趁柯羅抓狂前把人拎出去，現在威廉的辦公室內恐怕免不了一場腥風血雨。

萊特嘆了口氣，追上柯羅的腳步。

「柯羅，等等我——」萊特試著用比較和緩的語氣攔住走得飛快的對方。

柯羅很不客氣地拍開萊特伸過來的手。

「你應該讓我揍他一頓！」柯羅瞪了過來。

「揍人是不能解決問題的。」

「明明每次最先動拳頭的人都是你！」

「這不一樣，我揍的都是講不聽的混蛋。」

「威廉就是個混蛋！他放掉了繩子！他差點害死我，也害死你！」柯羅對著萊特吼道，他的影子沒按照光線的角度延伸，而是在他身後無止盡地蔓延，像隻巨大的怪物。

第一次，萊特從柯羅身上感受到了壓迫感。

「冷靜點，柯羅。」萊特吞了口唾沫，他舉起雙手，忍不住瞄了眼柯羅身後的影子。影子的形狀像蝕。

「他差點害死我們，你還想幫那個混蛋講話，叫我原諒他嗎？」柯羅逼近，他的影子也是。

「不，威廉這次確實做錯了。」萊特想退後，但他逼自己站穩腳步。「如果你現在不想原諒他，我可以理解。我不會說你不該生氣，我只是不希望你氣到做出不理智的行為。」

柯羅緊握著拳頭站在原地，萊特看了眼柯羅背後的影子，那個影子和他對立著，彷彿也正注視著他。

「你不是真的想揍威廉一頓，揍扁他也不會讓你變得比較好過。」萊特將聲音放得更輕了點。

「我只是不懂為什麼——」幾秒後，柯羅終於開口，他放鬆了拳頭，巨大的影子逐漸消褪，萊特緊繃的肩膀也隨之放鬆。

柯羅抓了抓頭髮，影子恢復正常，隨著光線和萊特站在了同一側。

「威廉為什麼要放掉繩索？」柯羅皺著眉頭問萊特：「我有這麼討人厭，讓他必須置我於死地嗎？我知道我們不是很要好，又很不喜歡對方，但我以為……」

此刻柯羅臉上的表情與其說憤怒，或許沮喪和失望的成分更多。

「為什麼他們最後都這麼討厭我，這麼希望我消失？」柯羅低下頭喃喃自語道。

他們？

「威廉是真的做了一件很過分的事情。」萊特說：「不過我不認為他真的討厭你到希望你消失。」

「都這樣了你還不認為！」

「好吧，也許他真的滿討厭你的，畢竟你以前也很愛和貓先生一起霸凌他。」

「我才……」柯羅說不出沒有。

「但是，威廉也承認他做錯了事，也承認自己很快就後悔了。他也對於沒能來得及把你拉回來，說了他很抱歉。」

柯羅和威廉的關係一直都很怪，兩人總是一見面就吵架，恨不得掐死對方一樣。

但有時候，兩人看起來又不是如此。萊特見過柯羅和威廉是怎麼合作巫術的，他們合作時的默契不是一般人可以媲美的。

他們就像感情不太好的家人，會對彼此做出很過分的事，會有恨不得對方消失的念頭，但永遠不會真的希望對方就此消失。

「你相信他的話？」

「你不相信嗎？」

柯羅不說話了，他熟知威廉不是會說謊的人。

「威廉也說了，伏蘿跟他說了什麼，才讓他一時分心犯下過錯——柯羅，你應該最清楚使魔在耳邊呢喃時是什麼感覺。」萊特又說。

柯羅當然清楚。蝕在他耳邊呢喃的時候的感覺爛透了！

大部分使魔的性格都很糟，牠們不會像正義小天使一樣在你耳邊指引你走上正確的道路；相反的，牠們喜歡引誘人做不該做的事，也喜歡讓宿主自我懷疑、自我厭惡，一切純粹只是為了好玩。

那種引誘有時候很難拒絕，柯羅明白。

「但這不是藉口，如果今天是蝕告訴我，要我把你或威廉丟進地獄裡，我是絕對不會這麼做的。」柯羅說。

「因為柯羅是個堅強的硬漢啊！今天要不是你爬到我的靈魂上護著，我大概真的像貓先生說的那樣魂飛魄散，變成阿呆了。」萊特三八兮兮地碰著柯羅。

「如果是這樣，我嚴重懷疑你早就魂飛魄散很久了。」柯羅拍掉萊特的手，瞪著對方，發現自己最近好像越來越難對這傢伙發火了。

「威廉就不是這麼一回事了，威廉還在學著怎麼對抗使魔，也許他需要一點時間和指導才能不受使魔影響，做出正確決定。」

看到柯羅不說話，萊特繼續說：「我知道無論如何，威廉還是犯了錯。我不會說你應該馬上原諒威廉，你有權生氣；但我只是想告訴你——他嘗試做出補救，最後也同意了我魯莽的計畫，冒著付出代價的風險把我們拉上來了……所以他絕對是真心後悔自己那時的決定。」

柯羅的表情終於緩和了下來。

「雖然你對威廉很壞，但我知道你不是真的這麼討厭他，不然你不會這麼生氣。」萊特又說。

「你一直替他說話，是希望我原諒他嗎？」柯羅瞪向萊特。

「我只是希望你消氣。」萊特輕聲說，他看見柯羅放鬆了肩膀。「我相信威廉是一時迷惘。至於原不原諒，要等你消氣……或至少不想揍人後再說，那是你的決定，我不能控制。」

「威廉這個混帳王八蛋……」柯羅撇過頭，看起來沒這麼氣了。

「我知道、我知道……」萊特輕拍柯羅的背。「但我們不知道是什麼樣的理由讓威廉做出了那樣的決定。等我們處理完鹿學長的事情後，再找他談談好嗎？如果聽完理由後你還想揍他，我保證到時候不會阻止你。」

柯羅望著萊特，他問：「要是我一輩子也不想原諒他呢？」

「我可能會勸你，說你是個小氣鬼，但我不會批判你的決定……雖然我覺得你最後還是會原諒威廉，因為柯羅是個心地善良的好小孩。」

「你才心地善良！你全家都心地善良！」柯羅漲紅了臉。

「你這麼稱讚我，我會不好意思的，不過謝謝囉！」萊特嬌羞地扭著身體。

「啊！跟你說話真是白費力氣！」柯羅崩潰地抓了抓頭髮，「算了，不想理你！我累了，今天不想再談這個話題了。」他轉身準備走人。

萊特望著對方的背影微笑，又看了眼威廉辦公室的方向。他有點擔心威廉的狀況，但從現況看來，讓他獨自靜一靜可能比較好。

等處理完鹿學長的事，再找威廉私下談談好了，還有格雷……

「對了，你有幫我搜刮我想要的零食嗎？」才說不想理萊特，走沒幾步的柯羅又轉過頭問。

「當然！」萊特像個暴露狂一樣敞開睡衣，衣服下全是偷來的公用零食。

柯羅挑眉看了他一眼後，露出了還算滿意的神情，兩人這才一前一後地回到他們位於鐘塔的辦公室。

當他們走進辦公室內，原先說好要和他們辦睡衣派對的絲蘭和卡麥兒已經窩在狼蛛男巫的大床上睡得香甜了。

小仙女學姐手裡還捧著爆米花，就這麼趴在絲蘭身上睡到流口水；而那位紫髮男巫則眉頭緊皺，被壓在棉被裡，好像在做什麼惡夢一樣，一邊還夢囈著：「好重……」

萊特和柯羅互看了眼，柯羅小聲問：「去看月亮？」

萊特點點頭，兩人很有默契地拖著棉被和枕頭往露臺去。

那晚他們把棉被和枕頭鋪在露臺上，兩人就躺在那裡曬月亮，什麼話都沒說，只是分享著零食，很壞地跳過了刷牙的步驟，享受著難得的寧靜與安逸……

真希望所有事情都能趕快落幕，柯羅也能趕快原諒威廉，重歸於好就好了。

——在陷入恬靜的美夢前，萊特望著月亮祈禱。

「威廉和絲蘭他們呢？」

「威廉那混蛋臭青蛙已經被我列入了黑名單！從現在起他被禁止參與任何行動！」

早上榭汀提著快樂瑪麗安站在煥然一新的辦公室裡時，柯羅雙手環著胸，很不高興地大聲宣布。

榭汀看向萊特，萊特聳了聳肩。

看來離柯羅原諒威廉還有一段很長長長長長長長——的時間。

「你才沒資格列什麼黑名單。」同樣在場的格雷發話了，他雙手扠腰瞪著柯羅。「威廉不在是因為他昨天表現不佳，我讓他暫時先回去休養了。」

「你也應該列在黑名單裡，禁止參與任何行動，因為你這白痴會搞砸一切！

你和威廉就是一對老鼠屎搭檔！」柯羅指著格雷說。

「你——萊特，你不管管你的男巫嗎？」

「柯羅，不可以說格雷是蠢蛋，那對蠢蛋們太失禮了。」萊特義正詞嚴地糾正。

「去你的萊特！信不信我揍你——」格雷剛掄起拳頭，影子和人就被柯羅釘在地上，害得他差點痛摔一跤。

萊特站在柯羅旁邊掩嘴偷笑，就像那些邪惡的小男巫一樣，一點也沒有教士該有的樣子。

「好了！所有人都閉嘴！」榭汀打斷了眼前的鬧劇，「威廉不在就不在吧，我不在乎，反正接下來他應該也派不上用場。倒是絲蘭和他的小仙女去哪了？」他看向萊特，他們昨晚應該在一起的。

「早上絲蘭帶著學姐說要先整理一下就消失了，他們說等一下會來。」萊特說。

回憶起今天早上，萊特和柯羅是被一群白色貓咪拍醒的，貓咪帶來了紙條，要他們馬上去榭汀的辦公室會合，並強迫他們交出一堆小魚乾後才願意離開，像群惡霸一樣。

睡眼惺忪的他們拖著枕頭和棉被回到辦公室並準備上工時，卡麥兒還趴在絲蘭身上呼呼大睡。絲蘭倒是已經醒了，他用食指按住嘴唇要他們安靜點，萊特則是拿出了貓先生給他們的紙條，示意他們該集合了。

絲蘭揮揮手，蜘蛛們蹦跳著排出了「我們整理一下，晚點就到」的字眼後，他打了聲響指，又把整個家搬離了柯羅的辦公室，只留下打著呵欠的柯羅和讚嘆地拍手的萊特。

萊特心底冒出一個疑問，如果絲蘭改行去當搬家工人，會不會很賺？

「算了，他們兩個最會磨蹭了，與其等他們到，不如我們先開始吧！」榭汀將裝著快樂瑪麗安的玻璃牢籠放到桌上。

一群人團在玻璃牢籠旁，盯著籠裡的快樂瑪麗安看。

散發著美麗土耳其藍色澤的變色龍一動也不動地趴在那裡，她嘴角微微勾起，看起來像在微笑一樣，很快樂又很嗨的樣子。

「她真的可以清理鹿學長身上的蠍毒嗎？」萊特問，他想伸手去摸牢籠裡的變色龍，被柯羅狠狠打掉。

他們可不希望兩個萊特再來胡鬧一次。

「試試看就知道了。」榭汀說：「現在，去把丹鹿帶過來，這次一定要把他身體和腦袋裡的那些髒東西都逼出來！」

卡麥兒的臉蛋就像水煮蛋一樣光滑。

絲蘭瞪了眼小仙女看起來神清氣爽的臉，再看看鏡中滿臉憔悴、雙眼底下掛了兩個黑眼圈的自己，感到非常不是滋味。昨晚他夢到自己被人變成了醃菜，被壓在一塊巨石下整整一晚。重點是，那塊巨石還會流口水，流得他滿臉都是——

而早上醒來時，他的臉確實是濕的……

「好，準備一下我們就回黑萊塔去！」小仙女拍了拍自己的臉，整個人都散發著清爽的光芒。她拍拍絲蘭的背：「你準備好要出發了嗎，絲蘭先生？」

「還沒。」還穿著睡袍在浴室裡整理儀容的絲蘭嘖了一聲，他慢條斯理地清洗著臉，然後刮著臉上冒出來的鬍子。

「現在呢？」卡麥兒的頭從他右後方冒出。

「還沒。」

「那現在呢？」再來是左後方。

「我說了還沒！我還要換衣服，妳先去外面等我！」絲蘭額頭上的青筋冒了出來，他用手指敲了敲洗臉臺，原先寧靜的浴室外頭傳來了陣陣鐘塔的聲響，非常尖銳。

卡麥兒很快認出了那是黑萊塔的鐘聲，她知道自己只要開門出去，外頭就是黑萊塔的大門了。絲蘭先生的魔法永遠不會讓他們遲到。

「你不能變個魔法之後就像仙杜瑞拉那樣整裝完畢嗎？」小仙女沒有動作，

還得寸進尺地把下巴靠在絲蘭肩上問。

到底為什麼他現在要忍受這些呢？絲蘭咬牙切齒地看著鏡中的教士，小仙女正張大眼對著他燦笑，臉色如此紅潤。

絲蘭眯起眼，他想著要把賴在他背上的卡麥兒送到冰原上、火山口或是撒哈拉沙漠——但想歸想，最後他只是往對方嬌俏的鼻尖上用力捏了一下。

「好痛！絲蘭先生你做什麼？」卡麥兒摀著鼻子問。

「吵死了。」絲蘭伸手又準備捏對方的臉頰一把，這次卻被小仙女輕易閃過了。

男巫和教士在浴室裡對峙著，準備來場幼稚的過招時，門外傳來了鈴響聲。

絲蘭和卡麥兒紛紛抬頭，一臉困惑。

「這個時間點會是誰來黑萊塔？」絲蘭瞪著門口，他的蜘蛛們不知道在外頭晃什麼，遲遲沒有進來匯報消息，平常牠們應該老早鑽進來報告了。

「也許是大學長他們。」卡麥兒邊說邊往門外走。

「他們不需要按門鈴吧？」

「也許是教廷終於願意調派人力來協助我們了。」

「妳想得美。快去看看是誰，然後讓我換個衣服。」

「你怕被我看光嗎？」小仙女停在門口笑。

「快、去、應、門！」絲蘭快被響個不停的門鈴聲和卡麥兒搞瘋了，他打了聲響指想直接把小仙女送出去，只是在小仙女滑出去之前，絲蘭自己竟然也跟著滑了出去。

絲蘭用手掌按住傾斜的地板，他喊了聲「不」，但依然沒能阻止自己滑出門外。他和卡麥兒一路摔出了自家宅邸的浴室，掉在黑萊塔的大廳裡。

絲蘭莫名其妙地趴在地板上，他看了眼自己的雙手，以為是自己的巫術出了問題。

「你不是要換衣服嗎？怎麼跟著我一起出來了？」卡麥兒爬了起來，一臉困惑地看著地上的絲蘭。

黑萊塔外的門鈴依舊響個不停。

「來了！不要一直按啦！」卡麥兒似乎也被那響個不停的門鈴弄得惱火了，她走向大門準備開門時還一邊碎碎念：「是說我們到底什麼時候裝了門鈴？」

黑萊塔幾百年來都不曾裝過門鈴。

「不！等等！」絲蘭想阻止她時已經來不及了。

卡麥兒打開黑萊塔的大門，門外光線很亮，幾隻漂亮的小紅蠍從門縫裡鑽了進來。

「蠍子！」卡麥兒嚇得退了一步，只是她步伐都還沒站穩，一堆蠍子湧了進來，像大浪般直接吞沒了她。

「麥子！」

絲蘭起身，但浪潮般的蠍子已經把卡麥兒捲了進去，取而代之，從密密麻麻的蠍子海裡走出來的則是穿著三件式西裝、裝扮俐落的紅短髮男巫。

「嗨，好久不見了，絲蘭叔叔。」賽勒站在黑萊塔大廳內，對著絲蘭點頭。

CHAPTER 8

解毒

說個悲傷的故事讓安東尼流淚，
牠可憐你、牠憐憫你，牠的淚水流進了你的眼裡。
說個幽默的笑話讓安東尼收回眼淚，
牠可憐你、牠憐憫你，牠收回了淚水帶走你的汙穢。

「這是悲傷安東尼的使用方式，在我們對丹鹿進行針療，將蠍毒集中後，只要說個悲傷的故事讓安東尼流淚，用牠的淚水驅毒，再說個笑話讓牠收回淚水，就能帶走蠍毒。」榭汀指著攤在桌上的某本古書道。

「聽起來很簡單。」格雷挑眉，「我不懂你們為什麼會花了這麼多時間。」

所有人都瞪了格雷一眼，格雷聳聳肩，乖乖地閉上了嘴。

「因為有個壞消息，我們在苦惱河小鎮時，丹鹿的蠍毒又擴散了。」榭汀說：「集中蠍毒需要針療，針療的過程很漫長，就算是蘿絲瑪麗也花了不少時間進行治療，療程中也會讓丹鹿很不舒服。」他看向被帶到辦公室，人正坐在椅子上沉睡著的丹鹿，伸手拍了拍對方的腦袋。

榭汀不清楚朱諾是怎麼辦到的，但在丹鹿吃下了藍天鵝的花瓣陷入沉睡之後，他還能再度入侵丹鹿的意識，這是非常不尋常的事。唯一值得慶幸的是，無論那是什麼邪惡的巫術，短期內似乎無法再施展第二次。

因此從昨晚到現在，丹鹿都安分地睡著。

「也就是說我們又要從針療開始嗎？」萊特一臉擔心地問。

「不。」榭汀收回手，「這大概是這幾天以來為數不多的好消息之一了，我們可以直接進行驅毒。」

「不用先集中蠍毒嗎？如果漏了一點點，那些蠍毒會繼續在他體內生長。」柯羅說。

「如果今天是靠悲傷的安東尼來進行驅毒，我們就必須先進行針療。但我們現在手上有個更厲害的解藥——」榭汀拍了拍玻璃牢籠，裡頭的快樂瑪麗安變了幾個顏色，她的嘴角依舊掛著開心的笑容。「根據我查到的資料，快樂瑪麗安的驅毒能力遠比悲傷安東尼來得強大，不用針療這些前置作業，她可以輕易地將所有蠍毒一次逼出來。」

「聽起來這些臭變色龍的習性跟我們巫族很像。」柯羅哼了一聲。

萊特看著柯羅，他說：「那柯羅一定是隻憤怒的安東尼。」

「閉嘴！你這隻白痴瑪麗安！」

「拜託你們另外找個時間再鬥嘴，聽我把話說完。雖然我說這是個好消息，但是……」榭汀輕嘆一聲，繼續道：「要讓快樂瑪麗安流淚是件很困難的事。根據古書記載，有關快樂瑪麗安的傳說是這樣的——」

說個無聊的笑話讓瑪麗安大笑，

她覺得你有趣、她覺得你幽默，她的笑容笑進你的心窩裡。

想要她珍貴的眼淚？

試著說個悲傷的故事讓瑪麗安收回笑容，

她不會可憐你、也不會憐憫你，她依然覺得你有趣、覺得你幽默。

她的笑容開始變得冷漠而傷人，因為一切都不關她的事。

「——歷經和訴盡所有悲傷後，她也不願意施捨一滴眼淚，快樂瑪麗安就是個冷酷無情的小婊……嗯，這樣形容女士似乎不太禮貌。」念到一半的榭汀闔上了那本老舊的古書，看來這本書的作者為了快樂瑪麗安的眼淚，也和這隻漂亮的變色龍進行了一場艱難的持久戰，最後仍沒有結果。「快樂瑪麗安的名字是有由來的，她很輕易就能被逗笑，所以要達成第一項要求沒什麼問題，問題在於她的眼淚很難取得——她是隻愛笑又冷血的變色龍。」

像是在證明他的話一樣，玻璃牢籠內的快樂瑪麗安拉起了笑容。

「有人成功取得她的淚水過嗎？」萊特問。

「目前沒有。」榭汀嘆了口氣：「成功取得瑪麗安淚水的只有夢蜥家的男巫和女巫，他們的自傳裡提過幾次。」

榭汀看向被他堆在角落的一堆自傳。夢蜥家的人很自戀，還超級愛寫自傳，每位夢蜥男巫和女巫的自傳都能多達十本，每本都有三千多頁，大部分都在吹噓情史及存放各種寫真照。

昨晚榭汀讀到里茲的自傳時，差點吐在他的肖像照上。

「可惜也只提到了快樂瑪麗安的強大，他們從不說明究竟是什麼樣悲傷的故事才得到了瑪麗安的眼淚。」

「接受挑戰！」萊特站起來，他挽起袖子，一副躍躍欲試的模樣：「我們也只能試了。」

萊特大概是最沒用的傢伙了。榭汀看著對方心想。

這傢伙根本就是吃快樂長大的，不曾經歷過悲傷與痛苦。

「好吧，讓我先叫醒我們的睡老鼠。」榭汀隨手從西裝外套裡掏出一片紅色葉子，塞進丹鹿的嘴裡，然後用手指往他腦袋上敲了三下：「咬三下，痛三下，醒來！」

榭汀在丹鹿腦袋上輕輕一拍。

「啊！」原本還在熟睡中的丹鹿忽然大叫一聲，他整個人在椅子上震了一下，然後是第二聲「噢」和第三聲「痛」。

丹鹿滿臉通紅、眼眶帶淚地把嘴裡的葉子吐了出來，他伸出發紅的舌頭，舌頭腫得就像剛吃過辣椒一樣。

「痛死了！什麼東西在我嘴巴裡？」丹鹿只覺得舌頭又刺又麻。

「一種叫咬人鼠的藥草，最喜歡咬人舌頭，記得嗎？」榭汀靠坐在桌上問。

他期待著丹鹿一臉莫名奇妙地望著他，然後問他：你幹嘛又放亂放東西進我的嘴巴裡？

然而——

丹鹿確實一臉莫名奇妙，只是他的第一個問題是：「你到底是哪位啊？先生，能不能拜託你放過我？我跟你有什麼仇嗎？」

看著丹鹿眼白和皮膚底下隱約爬動的蠍毒，榭汀的神色瞬間沉了下來。

「鹿學長，再介紹一次，這位是榭汀，貓先生，你的男巫搭檔。」萊特跑進來打圓場。

「不，我很確定被你們綁回來黑萊塔之前，我的搭檔都還是朱諾。」丹鹿很肯定地說。雖然這幾天他的記憶一直處在混亂狀態，人又一下子清醒，一下子昏睡，但腦中所有的記憶都是這麼告訴他的。

所以現在這個情況一定是什麼巫術！而且是這個看起來很凶的藍髮男巫施的巫術！丹鹿固執地想著。

「不，朱諾不是你的搭檔，他是個大壞蛋，你被他洗腦了。鹿學長，我們現在正在想辦法讓你恢復原狀。」萊特說。

「你怎麼能這麼說朱諾！」丹鹿露出了一臉「你才被洗腦」的表情，他不可置信地說著：「我知道他個性有點爛啦，但他好歹從小跟我們一起玩到大的，你怎麼可以幫著外人說他的不是？」

「從小一起？」萊特退後了一大步。

「對，記得嗎？暑假時我們三個都會一起溜出家裡，去湖邊，然後他會趁我不注意把你推進湖裡，我再去把你救起來，逼他跟你道歉啊！」丹鹿試著說服萊特，對方卻倒抽了一口冷氣。

萊特一臉驚恐地退到藍髮男巫身邊：「怎麼辦？貓先生，鹿學長的腦袋真的壞了！」

「我就知道，朱諾一定不只占用了他的身體而已，他很可能又趁機竄改了他更多記憶。」榭汀說。

「不要相信他！萊特，快想起朱諾！」丹鹿依然喊著。

「沒這件事你要我怎麼想起來？」萊特搖搖頭，「不然你能解釋為什麼朱諾會跟我們一起玩嗎？」

「那是因為你爸媽把你送來，然後他也一起來，然後……然後……」對耶，為什麼男巫會從小跟著他們一起玩？丹鹿一時也解釋不出來。

而且思考這些事讓他的腦袋開始痛了起來，某種尖銳的刺痛感沿著太陽穴一路蔓延到後腦勺。

「算了，不必解釋這麼多。」榭汀不耐煩地打斷兩人，他隨手摘下放在丹鹿辦公桌上的新顛茄，再塞進丹鹿嘴裡。「在我們處理掉你身上的髒東西前，暫時先閉上嘴。」

「唔嗯！」丹鹿用力掙扎著。

「啊！我的屁股——♥」丹鹿嘴裡的顛茄喊了一聲。

「小心點，別咬到克里斯欽先生的屁股了。」榭汀冷哼了一聲。

「嗯……」丹鹿滿臉鐵青，一臉想吐的模樣。

「啊——♥」顛茄克里斯欽則發出了嬌喘。

在丹鹿稍微安分下來後，榭汀從抽屜裡拿出了特殊的白手套戴上，小心翼翼地將玻璃牢籠內的快樂瑪麗安請了出來。他用特製的小腳鐐將她銬在自己的辦公桌上。

「現在，說個無聊的笑話試試？」榭汀看向萊特。

「咳咳……好！來！聽仔細了瑪麗安！」萊特清了清喉嚨，一臉認真地蹲在榭汀的辦公桌前，「有一天，兩位教士一起掉到了女巫設置的陷阱裡，死掉的教士叫死人，活著的教士叫什麼？」

快樂瑪麗安眯著眼，彷彿在問萊特：叫什麼？

「叫救命！」萊特說。語畢，他在一陣沉默中自己哈哈大笑起來。

榭汀站在柯羅旁邊，一臉困惑地向對方說：「我不知道我現在是想把你的教士揍成死人，還是想把他揍到叫救命。」

柯羅張了張嘴，無奈地道：「我大概一半一半。」

「你的笑話爛透了！蕭伍德，連變色龍都不會願意笑……」格雷翻著白眼，還沒吐槽完，在辦公桌上靜止不動的瑪麗安忽然張大了嘴。

「嘎、嘎、嘎、嘎！」快樂瑪麗安咧起嘴角，瞇起雙眼，她發出的笑聲像鴨叫，又像鵝叫。

「真的笑了？」柯羅和榭汀不可置信地互看一眼。

「還有還有，妳知道軟糖跟餅乾分手之後會變成什麼嗎？」萊特繼續說：「會變成QQ軟糖！」

「嘎、嘎、嘎、嘎、嘎！」快樂瑪麗安相當捧場，她笑個不停，好像萊特說的笑話有多好笑一樣。

「看來瑪麗安的笑點確實很低。」柯羅翻了個白眼。

「那妳知道……」

「好，我想我們聽夠了，瑪麗安也笑夠了……」榭汀在忍不住出手前，阻止了萊特繼續他的冷笑話大全。「接下來，我們必須說些悲傷的故事讓她落淚。」

榭汀從口袋裡拿出準備承接淚水的小玻璃瓶，他看向在場所有人。

「誰要先開始？」

格雷試著說了一個鷹派殉道者的哀傷故事，他情緒激昂地說著那位教士是如何帶領人民對抗邪惡女巫，最終在戰爭中犧牲自己挽救了人民免於女巫的迫害……

萊特差點睡著了，柯羅也是。

聽著故事的快樂瑪麗安不僅沒落淚，連笑容也不見了。

「你出局了，下一位！」榭汀拿著玻璃罐喊道。

萊特很聰明，萊特分享了忠犬小八的故事給瑪麗安聽，還搭配上生動活潑的描述和哀戚的音樂。

畢竟誰聽到故事裡有可憐的狗狗能不哭呢？然而很遺憾，在場除了一直看天花板忍住不落淚的三名教士和某名男巫外，快樂瑪麗安沒有任何反應。

「下一位！」榭汀無情地喊道。

這次輪到柯羅了。

「悲傷的故事……」柯羅左思右想，最後他說：「我的搭檔是萊特．蕭伍德。」

狗悲傷了吧？

「嘎、嘎、嘎、嘎！」

「我叫你弄哭她不是弄笑她！」榭汀翻了個白眼。

「你這麼行你自己來！」柯羅瞪向榭汀。

榭汀深吸了口氣，一臉無奈的他在眾人的注視下走向了那隻藍色的變色龍。他彎下腰，用一種輕柔的語氣對她道：「我曾有個很在乎的人，她受傷了，躺在床上，可是我現在卻一點感覺也沒有。我知道我應該要傷心、要難過，但我依然沒有任何感覺。」

喔，貓先生在說他和貓奶奶的故事——萊特憐憫地看著面無表情的榭汀，柯羅站在他身邊，臉上看不出任何情緒。

「現在我有了其他在乎的人，可是這個人卻對我一點印象也沒有，也根本不記得我的存在。我試著讓他記起我，用盡了各種方法卻徒勞無功……我想這也許就是我的報應。」

雖然榭汀語氣平靜，萊特卻看得出來他有點傷心。

「有一天我將會不在乎這個人，如果這個人也不記得我，我們將會成為兩個完全的陌生人，即使我們曾將對方視為最重要的人。」

坐在椅子上的丹鹿嘴裡塞著顛茄，安分卻又困惑地直視著榭汀，連他的眼神裡都帶了同情。

榭汀嘆息，語氣到最後幾乎帶了點懇求：「求妳憐憫我們，施捨一滴眼淚，只要一滴就好。」

快樂瑪麗安盯著空氣，她垂下腦袋，嘴角在抽搐——

「嘎、嘎、嘎、嘎！」沒有憐憫，沒有同情，快樂瑪麗安笑得很開心，彷彿榭汀說了一個天大的笑話。

榭汀咬緊牙根，他瞇起眼，不死心地繼續說道：「我母親在我還小的時候就過世了，我不知道我父親是誰。」

「嘎、嘎、嘎、嘎！」

「柯羅也是孤兒，他母親造成了大災難，他哥哥還是個神經病，極鴉家就是場悲劇；萊特的話我不太清楚，不過那傢伙的腦袋很悲劇。」榭汀又指向柯羅和萊特。

「喂！」柯羅不滿地瞪向榭汀。

「如果妳需要知道的話，我父母也很早就過世了，我一直都是個孤單的可憐小孩。」萊特倒是很配合，還故意對快樂瑪麗安做出楚楚可憐的表情。

快樂瑪麗安小小凸凸的眼睛盯著他們幾個，接著：「嘎嘎嘎嘎嘎嘎嘎嘎嘎嘎嘎嘎——嘎嘎嘎嘎嘎嘎嘎嘎嘎嘎嘎——」

整間辦公室裡都迴盪著快樂瑪麗安的笑聲。

「你、你們那些沒營養的故事是不是讓她笑得越來越誇張了？」格雷問。桌上的快樂瑪麗安一副笑到要昏厥的模樣，一度還翻起了肚子。

「她根本就不在乎任何悲傷的故事！」柯羅憤怒地喊道：「她就像古書裡說的一樣，是個冷酷無情的小婊——」

「柯羅，不可以用這麼難聽的話稱呼女士！」萊特不忘訓誡自己的男巫。

「傳說是正確的，不管什麼悲傷的故事都很難讓她產生同情心，因為她根本不在乎別人的事！」榭汀幾乎是指著快樂瑪麗安在罵。

「不在乎別人的事……」萊特跟著喃喃念道。

榭汀焦躁地來回在辦公室內踱步，繞得萊特幾乎都快頭暈了他才停下來。

「這樣吧。」榭汀挽起袖子，再度走向快樂瑪麗安：「我們來刑求她，試試看她會不會落淚。」

「好主意！」柯羅贊同。

男巫們已經聽瑪麗安的笑聲聽到火氣很大了。

「等等等等，別衝動！」萊特拉住了準備上去鞭打快樂瑪麗安一頓的榭汀和柯羅。

「嘎嘎嘎嘎嘎嘎嘎嘎——」快樂瑪麗安繼續嘲笑他們。

「別攔我們！」

「等等，我有其他想法！」萊特說，男巫們紛紛看了他一眼。「你說她根本不在乎別人的事情對吧？所以無論我們說出再悲傷的故事，她也不會落下任何一滴眼淚。」

「然後？」榭汀問。

「或許她要聽的不是別人的悲傷故事，」萊特看著停下動作的榭汀和柯羅，他微笑：「而是她自己的。」

「她自己的？」柯羅和榭汀皺起眉，兩人都還沒反應過來。

萊特點點頭，逕自轉身，走向正笑瞇了眼的快樂瑪麗安。他彎下腰，溫柔地對著瑪麗安說：「記得里茲，妳的主人嗎？」

「嘎嘎！」彷彿回應似的，瑪麗安笑了兩聲。

「妳跟著他好多年了，他把妳戴在他的嘴唇上，珍惜了這麼多年……可是忽然間，他就這樣丟下妳走了。」萊特繼續說：「妳一個人這麼孤單地待在他的嘴唇上，沒人理妳，沒人發現妳，妳還和主人一起被關在冷凍櫃裡這麼久……妳一定時常在想，主人什麼時候才會回來吧？」

快樂瑪麗安專心地聽著，她不再微笑，而是面無表情。

「但妳心知肚明，主人不會再回來——因為他已經死了，往後不會再有任何人把妳放在嘴上疼惜。」萊特溫柔卻又咄咄逼人地說著：「不過妳也不用太想念他，因為我去地獄時見過里茲一面——當我們逼問他妳在哪裡時，他毫不猶豫地就告訴我們了。妳也知道，男人都是這個樣子的，一旦離開妳，他就明白了他根本不需要妳，還說他早就想擺脫妳了。」

萊特在這裡稍微扭曲了點事實，這有點壞他知道，但為了逼出瑪麗安的眼淚，必須使點手段。

稍晚他會再向老天爺或神聖的大女巫懺悔贖罪的。

快樂瑪麗安的臉開始變得很不快樂，她的嘴抖動著，鼻孔不斷賁張。

「還有，他在地獄時，身邊圍著一堆漂亮的女人。」忽然弄清楚萊特在做什麼的柯羅也參了一腳進來，他信誓旦旦地說著：「他說他早就厭惡了他嘴唇上的煩人變色龍，還說妳最近變胖了，他嘴唇很重！」

萊特努力忍住不被柯羅的胡說八道逗笑，正色道：「我很抱歉，瑪麗安，看來里茲不要妳了。」

快樂瑪麗安薄薄的嘴唇扁了起來，不斷顫抖，離落淚看起來就差一點。

萊特、柯羅和榭汀很有默契地互看一眼，只有格雷還在狀況外。

「最後還有個壞消息——」萊特說。

「妳老公——悲傷的安東尼——被一隻貓吃掉了。」柯羅接話：「還有妳老公也說妳很胖。」

語畢。

「哇哇哇哇哇哇哇哇哇哇！」快樂瑪麗安終於放聲大哭起來，她的哭泣聲和笑聲不一樣，就像尖銳的嬰兒哭聲。

沒想到萊特的方法竟然成功了。榭汀差點都要打破原則，替萊特拍手了。

「妳的故事真是太令人傷心了，瑪麗安，我們為此深表同情……現在，請不要在意我們的目光，好好哭一場吧！」榭汀的話語相當溫柔，臉上卻一點哀悼的神情都沒有。他小心翼翼地拿著小玻璃瓶緩緩靠近瑪麗安，並將玻璃瓶放到了她的眼皮底下。

大顆大顆的眼淚終於流了出來，瑪麗安的眼淚像鑽石一樣閃著光芒，滴入榭汀準備的玻璃瓶內。

或許這就是為什麼夢蜥家從不願明確記載究竟如何取得瑪麗安的淚水的原因了——傳說總是誤導人們說著自己的悲傷故事，但瑪麗安並不會為此而哭泣，她只會為自己的悲傷而哭泣。

要取得瑪麗安的眼淚，必須先傷害這隻漂亮的變色龍。

「我們成功了！」

榭汀看著玻璃罐裡的淚水，貓先生露出了好久沒露出的笑容，連萊特興奮地對他和柯羅來個團抱時都沒有拒絕。

「太棒了！我們辦到了！」

「別高興得太早，接下來還有事要做。」可惜榭汀只讓萊特抱了一秒後，便把對方直接拉開，帶著滿滿一瓶的眼淚走向丹鹿。

萊特和柯羅也跟著圍了上去。

看著靠近的所有人，丹鹿在椅子上縮了一下，他嘴裡的顛茄也嬌喘了一聲。

「你們想做什麼？不、不要靠近我——♥」顛茄克里斯欽性感的喘息聲取代了丹鹿的聲音。

「不要動，張大你的眼睛！」榭汀說。

一旁的柯羅上前固定住了丹鹿的臉，萊特則是幫忙按住了丹鹿汗濕的額頭。

「不要這樣！太霸道了！我承受不了——♥」

不顧克里斯欽的喊叫，榭汀用食指和拇指撐開了丹鹿的眼皮，黑色的蠍毒就在底下竄動著。

「瑪麗安的淚水流進了你的眼裡，她可憐你、她憐憫你，她的淚水將帶走一切汙穢。」榭汀喃喃念著，將瓶中淚水滴入丹鹿的眼睛裡。

亮晶晶的淚水溶進了丹鹿自己的淚水裡，丹鹿眨著眼睛驚恐地等待著下一秒即將發生的事，但什麼事也沒發生，直到——

「瑪麗安的淚水流進了你的眼裡，她可憐你、她憐憫你，她的淚水將帶走一切汙穢。」榭汀輕捧著丹鹿的臉，又開始念起了剛剛的咒語。

連柯羅也跟著榭汀念了起來。

萊特有樣學樣，結果被格雷瞪了一眼。教士學男巫念咒是不被允許的禁忌。

才過了幾秒鐘，丹鹿的皮膚開始癢了起來。深藏在他皮膚底下，如同細小水蛭般的蠍毒開始激烈竄動。

「嗯啊……不、不要……這麼……激烈地……咬人家屁股嘛……」克里斯欽的呻吟也開始激昂起來，因為丹鹿咬得它死緊。

瑪麗安的淚水對蠍毒來說就像高溫滾水一樣，毒液在丹鹿體內瘋狂逃竄，但卻無處可逃，最後像羊群一樣全被趕往了丹鹿臉上，並集中在眼窩處。

丹鹿的眼白一下子變成全黑，蠍毒在他的眼眶裡不斷打轉。

「萊特，對瑪麗安說個笑話！」榭汀命令。

「有一根香蕉以為它胃痛所以去看病，結果醫生跟它說，你應該不是胃痛，是脊椎側彎！」萊特說。

「嘎嘎嘎嘎嘎嘎嘎嘎——」

快樂瑪麗安又開始大笑，笑得上氣不接下氣；丹鹿則開始落下眼淚來，他的眼淚像是又濃又稠的黑色黏液，還不時活生生地抽動著。

「噓——噓——羊群們快出來，進到羊圈裡——」榭汀吹了兩聲口哨。

黑色黏液凝聚成一團，從丹鹿的臉上流入了榭汀手上的玻璃瓶內。在確定黑色黏液全數進入玻璃瓶，而丹鹿的雙眼變得清澈後，榭汀將玻璃瓶蓋上了軟木塞。

「我們把蠍毒清乾淨了？」萊特盯著榭汀手裡的玻璃瓶，蠍毒在瓶內像岩漿一樣不斷滾動，還不時冒出惡毒的泡沫。

榭汀將丹鹿的腦袋撥向一側並且檢查他的臉頰，原先一直殘留在他臉頰上的咬傷慢慢淡去，最後逐漸消失。

「是的，我們終於把那髒東西清掉了。」榭汀終於鬆了口氣，在場所有人都是，除了丹鹿自己以外。

丹鹿眨著眼，困惑地看著他們所有人，包括那些從他眼睛裡面跑出來的奇怪液體。

「這表示鹿學長的腦袋也復原了嗎？」萊特問。

他想，如果快樂瑪麗安的驅毒能力如此強大的話，或許有機會——

然而榭汀的臉色再度凝重了起來，他沒有回答萊特，而是小心翼翼地將丹鹿嘴裡的顛茄取下。

「想起我是誰了嗎？」榭汀問。

丹鹿一臉茫然。

CHAPTER 9

不請自來的訪客

「為什麼你會在這裡？」絲蘭不解地看著眼前的賽勒。自從針蠍男巫們決定離開教廷、自立門戶後，已經不知多久不曾踏入黑萊塔的領地了。

絲蘭上次和賽勒聯絡，是為了提供萊特他們調查牛人案的線索——當然，還有一些他自己想獲得的資訊。交換條件就是先警告萊特一行人會過去找他們，這也造就了紅髮教士後來無預警被咬了一口，身中蠍毒的窘事。

不過，絲蘭是不會承認這件事和他有關的。

「只是想來打個招呼？」賽勒說。

「不好笑，賽勒。」絲蘭瞪著爬滿蠍子的大門，他發現他的蜘蛛們竟然混雜在其中，蠍子正在阻擋牠們——這就是為什麼蜘蛛們沒有第一時間跑來回報狀況。「快說你到底來這裡幹什麼！還有先把我的教士還給我！」

「你的教士？」賽勒身後看了一眼，小仙女淹沒在蠍子海裡不見蹤影。「很重要嗎？叔叔，你以前從不在意你的教士，就算是我的蠍子把他們四分五裂了，你眼睛也不會眨一下。」

蠍子海裡傳來了小仙女的尖叫聲。

「把麥子還給我！不然接下來四分五裂的就是你！」絲蘭惱火了，他的蜘蛛們也開始躁動起來。

黑萊塔的大廳被成堆的蠍子和蜘蛛爬滿，但蠍子們的數量似乎略勝蜘蛛一籌。

「我已經不是小朋友了，叔叔。現在要把我四分五裂可能沒這麼容易，我們可以玩玩……」賽勒神色輕鬆地勾著嘴角。「要是你贏了，我就把你的小仙女還你。」

蠍子們大量湧到絲蘭腳邊，絲蘭的蜘蛛們吐著絲，卻怎麼樣也擋不住紅蠍的浪潮。眼見小蠍子們要爬到腿邊來螫他，絲蘭被逼得不得不後退。

賽勒從容地微笑著，卻沒注意到身後的蠍子海裡有隻手伸了出來。

「別碰絲蘭先生！」被賽勒擅自當作遊戲獎賞的卡麥兒忍著噁心，從蠍子堆裡爬了出來，她一把抓住賽勒的後頸。

「麥子！」絲蘭喊道，然後他就看著自己的教士先是凶猛地從後方撲到針蠍男巫身上，再是鎖喉，最後用身體的力量輕而易舉地把比她高大的男巫摔到地上。

沒了從容，毫無防備的賽勒被嬌小的教士纏住，直接壓在地上揍。

「你、父、母、沒、教、你、對、長、輩、要、有、禮、貌、嗎？」卡麥兒往對方的喉嚨和肺部猛揍。

賽勒掙扎，狼狽地伸手護著自己，但徒勞無功。

卡麥兒．克萊門汀，神學院全學年近身武術第一名畢業，至今無人可匹敵。

絲蘭站在原地不知該說什麼，小仙女的氣勢太勇猛，連蠍子們都退了幾步。

就在他正考慮著要不要阻止自己的教士，還是乾脆讓她打死賽勒時，一隻蜘蛛趁亂從天花板垂落，急匆匆地跑進了男巫耳裡。

「幻覺……不要相信臭蠍子，統統都是假的。」

絲蘭眉頭一擰，變出了手杖，並用其在地板上敲了兩下，然後閉上眼對著自己說：「清醒，不要掉入陷阱裡。」

等絲蘭再度睜眼時，鋪天蓋地的蠍子在一瞬間消褪不見，地上只剩不停團團轉的蜘蛛們，以及揍得「賽勒」滿地打滾的卡麥兒。

「差不多兩分鐘，我以為你會更快發現。」倏地，賽勒的聲音從絲蘭背後傳來。

絲蘭轉過頭，真正的賽勒好整以暇地站在他身後。

「最近有點生疏了喔，叔叔。」

「你這個小兔崽子！」絲蘭咬牙切齒地說著。

賽勒輕笑，他歪歪腦袋，抬頭望了眼整個黑萊塔內部：「好久沒回來了，這裡看起來沒什麼變化，連安全問題也還是值得擔憂。」

「你認為如果真的有人有心要闖入，保全擋得了嗎？」絲蘭故意諷刺地說。

賽勒沒有理會絲蘭，他的視線停在絲蘭和卡麥兒身上，在他們之間來回打量：「不過人倒是變了不少。叔叔你……最近看起來好像更年輕了點，從你對待你的新教士的態度來看……心腸好像也變軟了點。」

「快道歉！說你不會再這樣亂來了！」卡麥兒還在痛揍空氣賽勒。

「我的心腸沒有變軟，我要怎麼對我的教士都不關你的事，還有不要再叫我叔叔了，很噁心。」絲蘭邊說邊挪動步伐，擋在卡麥兒前面。

這些試圖阻斷賽勒視線的動作，間接證實了什麼。

賽勒沒多說什麼，只是一臉玩味。蠍子們雖然在他身上爬行，態度卻相當懶散。

「你到底來這裡幹什麼？應該不是特地來搞這種無聊的惡作劇吧？」以賽勒輕鬆的神態來說，這一趟來顯然不是來找麻煩的。絲蘭看透了針蠍的意圖。「你想要什麼？是想談巫魔會的事，還是特地來為你愚蠢的兄弟犯下的錯而道歉？你知道他快把黑萊塔弄得天翻地覆了吧？」

「我知道。」賽勒收斂起原本的微笑，提到他的兄弟，他似乎不是這麼開心。「我確實是為了我的兄弟而來，不過我不是來替他道歉，而是來和你們談筆生意的。」

「談生意？」絲蘭挑眉。

他不曉得賽勒在打什麼主意，但算是看著兩隻小針蠍長大的絲蘭很清楚，比起喜怒哀樂都表現在臉上的朱諾，賽勒才是真正該提防的那個。

「是的，我希望你們能幫我一個忙。作為回報，我也會幫你們一個忙……」

「快認輸！在我把你揍到吐之前！」卡麥兒一邊大叫著一邊把放在大廳的一座古董老鷹雕像舉了起來，然後把雕像當成賽勒摔到了地板上。

絲蘭和賽勒沉默不語地看著摔成碎片的老鷹雕像。

「你那漂亮的小教士快把我的幻影打死了，她還真是完全沒手下留情。」賽勒雙手環胸。

「不准叫她漂亮的小教士！如果你還想談生意，那麼你最好趕快停止巫術，不然我發誓她把幻覺中的你碎屍萬段後，也會把現實中的你——」

絲蘭話還沒說完，原本神色從容的賽勒忽然臉色鐵青，整個人身體一震，按住頸子露出了痛苦的神色。他張大嘴試著要呼吸，卻什麼也吸不到，嘴中還不斷冒出奇怪的熱氣。

「幹嘛？你又在耍什麼奇怪的把戲？」絲蘭看著賽勒，懷疑對方是不是又下了巫術。

賽勒痛苦地跪倒在地，他施展的所有幻覺也在瞬間停止。

「怎、怎麼回事？」原本還坐在「賽勒」身上猛揍對方喉嚨的卡麥兒驚呼了一聲，她才發現自己竟坐在大學長時常交代有多貴重、要多小心保護的獅頭雕像上，而不是那個鼻青臉腫的紅髮男巫。

本該被她打成豬頭紅髮男巫轉眼間成了被打凹鼻子的獅頭雕像。

闖了大禍的卡麥兒尖叫著站起身，當她一轉頭，看到的卻是站在絲蘭旁邊、正抱著肚子不停乾嘔的真正賽勒。

「絲蘭先生？」卡麥兒一臉疑惑地望向絲蘭，她還以為是絲蘭施展了什麼巫術，但對方的神情和她一樣困惑。

兩人就這麼看著賽勒痛苦地大聲咳嗽著，直到他終於能緩過氣來。

「咳咳咳！」整張臉因缺氧而漲紅的賽勒好半天才直起腰來，他很不高興地用手指擦掉殘留在嘴角的唾沫，咒罵了聲：「該死的朱諾！」

「到底是怎麼回事？」絲蘭一臉古怪地看著賽勒。

「這要問你們，有什麼事情不對勁——」賽勒反問：「蘿絲瑪麗是不是找到解除那個紅髮教士的蠍毒的方法了？」

「你怎麼知道？」絲蘭瞇起眼。

「我老早就警告過朱諾，和遲貓家的人對著幹沒好處。現在倒好，他不只要害死自己，也要害死我了……」賽勒沒有正面回應，只是自顧自地說著，一邊重新整頓自己。

「你到底要不要解釋一下？」絲蘭挑眉。賽勒還有個地方很難纏，那就是他不太聽人說話。

不過沒關係，絲蘭有秘密武器……

「快解釋！」卡麥兒把拳頭折得劈啪響。

賽勒看著男巫和教士，忽然又開始渾身顫抖起來的他說：「我可以解釋，但我猜暹貓家的某個人正在用很殘忍的手法教訓我們家的人，而這可能會導致我休克或死亡……所以在我解釋清楚前，能麻煩你們盡快帶個路，先讓我去阻止對方嗎？如果你們還想要談生意的話，叔叔。」

「……汝的主人當與汝體驗相同痛苦，痛不欲生。」榭汀用很冷酷的語氣念著咒，一邊將收集起來的蠍毒倒入了滾燙的熱水中。

凝聚成團的蠍毒就像有生命似的，當它們流入熱水中，毒液便開始激烈地掙扎起來。

萊特盯著那些黑色毒液，彷彿能聽到蠍毒正在他耳邊發出慘叫聲。

不過一切都還沒有結束，幾秒鐘後，「……汝的主人當與汝經歷相同的痛苦，痛不欲生。」榭汀又把那些蠍毒扔進了冰水中。

蠍毒們因為寒冷而揪成一團，看起來奄奄一息。

榭汀默不作聲地在一旁燒紅好幾十根粗大的白銀針，他的表情很平靜，金色的瞳孔裡卻隱藏著波濤洶湧的怒氣。

萊特、柯羅和格雷紛紛看向坐在辦公室中間的丹鹿——罪魁禍首。

「幹、幹嘛這樣看我？不記得就是不記得，把毒素排除之後還是不記得，這表示那傢伙說的是假的啊！」丹鹿開始坐立難安，他多希望平常很煩的搭檔朱諾在場，或許對方會知道該怎麼處理眼前的問題。

已經到了這個地步，丹鹿還是沒想起藍髮男巫是誰，這讓他更加堅信這一切都是對方的陰謀，而萊特他們只是被下咒了而已。

「我說的話不是假的！」藍髮男巫倏地捶了下桌子，瞪著丹鹿，彷彿要把對方的腦袋也塞進冰水裡似的。「快樂瑪麗安的驅毒功能強大，我本來期望著她的眼淚連你的記憶都可以矯正，但看來幾滴眼淚並沒有強大到這種地步……」

「也有可能是因為你說的是假話嘛……」丹鹿忍不住回嘴，已經被綁在椅子上很久的他也開始有點不高興了。

「你到底要我解釋幾遍——」

「萊特，快幫我說話啊！萊特！」

忽然被場外求援的萊特看了眼盛怒中的貓先生，又看了眼還是被綁在椅子上的丹鹿，最後他選擇縮到柯羅背後。

如果在這個時間點介入兩人的紛爭裡，萊特認為自己有很高的機率會和那些蠍毒一起受苦。

「快樂瑪麗安能夠清除蠍毒，本來就不代表可以矯正矮子的腦袋。」這時柯羅倒是發話了，他雙手環胸站在萊特面前。

「矮、矮子？你也不看看自己的身高，你、你——」丹鹿氣到一口老血都要噴出來了。

「蘿絲瑪麗不是說過有方法可以處理他腦袋的問題嗎？」柯羅忽視了暴跳如雷的丹鹿，對著榭汀問：「她有沒有跟你提過？」

「只有簡單提過——記憶的問題和入夢能力有關，但這種能力黑萊塔裡的男巫都沒有。」榭汀傷腦筋地按著太陽穴，「蘿絲瑪麗只說過或許能找一些老朋友幫忙看看，但她現在都還沒清醒，我們要上哪去找她的老朋友？」

「從我們找到里茲的那本書裡去找？」萊特問。

「她那本書裡的都是黑名單，全都是她想殺和想殺她的人，我不認為我們能找到願意幫忙的『朋友』。」

「哇，那本書很厚耶！」萊特乾笑。這倒是不難解釋為什麼地獄裡尋找蘿絲瑪麗的亡靈這麼多了。「奶奶年輕時真的很狂野吧？」

「我真不敢相信……繞了一圈之後我們竟然還在原地打轉！」榭汀沒心情和萊特開玩笑，怒意又開始在胸口沸騰。他瞪著在冰水裡載浮載沉的蠍毒，伸手拿起鑷子將蠍毒夾了出來。

「從剛剛開始貓先生都在做什麼？」萊特悄悄問柯羅。

「蠍毒是朱諾下給丹鹿的毒，一種巫術，現在我們把這種巫術提出來了，榭汀正在反向將巫術回報給朱諾，這表示——」

「榭汀對蠍毒做的任何事都會回報在朱諾身上？」萊特說。

「對。」柯羅點點頭，然後他忽然靈機一動，抬頭對榭汀說：「乾脆這樣吧，我們就刑求這些蠍毒，讓朱諾痛不欲生，直到他來求我們要我們饒過他，那時我們就順便讓他把矮子的腦袋恢復正常。」

「當然。」

榭汀看著柯羅，點點頭道：「非常好的主意，你要幫忙嗎？」

「你們怎麼什麼事都想到刑求啊？」萊特看著躍躍欲試的兩位男巫，無法確定這到底是好主意，還是會造成反效果。

「慢著，你們想對朱諾做什麼？不准傷害我的男巫！」丹鹿對著榭汀和柯羅喊道，他急著想掙脫束縛，想辦法通知朱諾即將到來的危險。

可是他究竟該怎麼通知朱諾？朱諾現在又在哪裡？

丹鹿的腦袋裡一片混亂，他明明對朱諾這麼熟悉，卻想不起來他們之間的任何一點關聯……他不是應該要知道自己的男巫在哪裡嗎？

「用燒紅的白銀針反覆插在蠍毒身上，會讓他的肌膚產生劇烈疼痛。」榭汀完全不理會丹鹿的叫喊，對柯羅說。

「把蠍毒丟進水銀裡如何？那會讓朱諾慢性中毒。」柯羅提議。

「你今天真是太聰明了，柯羅。不如我們先用白銀針在蠍毒上面戳洞，接著再放進水銀裡吧？」榭汀再議。

「好！」柯羅覆議。

兩位男巫一致通過他們新的刑求方案。

正當榭汀將燒紅的白銀針遞給柯羅，兩人都毫不猶豫地準備往桌上那不斷蠕動的蠍毒上穿刺時，絲蘭帶著卡麥兒闖了進來。

「慢著！先停下你們手上的動作！」絲蘭喊道。

榭汀和柯羅紛紛停下動作，轉頭看向絲蘭和他身邊氣喘吁吁的卡麥兒，卡麥兒的模樣像她剛剛痛扁了什麼人一樣。

「你遲到了。」柯羅說：「想加入的話麻煩排隊。」

絲蘭看著榭汀和柯羅以及桌子上的蠍毒，他有些意外地說：「你們果真把蠍毒從小矮人身上吸出來了？看來他說的是實話……」

「喂！不准叫我小矮人！你們怎麼每個人都這樣……」丹鹿非常不滿，他正想繼續抗議，卻看到了站在絲蘭和卡麥兒身後的紅髮男巫。

「他？你在說誰？」榭汀不解地問，直到丹鹿喊了聲——

「朱諾！」

在場所有人全都警戒地看向絲蘭和卡麥兒身後，柯羅讓室內的光影一陣晃動，榭汀讓攀附在牆上的植物都變得茂盛而帶刺，格雷連武器都準備拿出來了，而萊特則是下意識地擋在丹鹿前面——直到對方從陰影處走出。

「很抱歉，但我不是朱諾。看不出來嗎？明明我們長得一點也不像。」朱諾的雙胞胎兄弟——賽勒面無表情地說。

眾人只是靜悄悄地盯著他看。

賽勒挑眉，又說：「這是個冷笑話，你們黑萊塔的男巫太沒幽默感了吧？」

全場還是沒人有想笑的意思，倒是快樂瑪麗安「嘎嘎嘎嘎嘎嘎嘎嘎」地笑著，相當捧場。

「瑪麗安？你們竟然成功取得了她的眼淚，真是不得了！」賽勒嘖嘖稱奇，臉上表情卻看不出變化，和約書一樣難以看出喜怒哀樂。

只是約書那叫單純的面癱，賽勒比較像是把情緒藏在從容之下。

「賽勒，你來這裡做什麼？」榭汀的態度依然非常警戒，他手指捏著燒紅的白銀針，作勢要插進蠍毒中。「想幫你的兄弟取回蠍毒取回嗎？很抱歉，在我們折磨完他之前，不可能。」

「不，我是想來和你們談筆生意的——噢！」賽勒忽然捂住脖子叫了一聲，然後他瞪向柯羅：「不是叫你們先停手了嗎！」

柯羅手裡正拿著白銀針，他偷戳了蠍毒一下。

「這不是你兄弟的蠍毒嗎？」榭汀面色不善，他瞪著賽勒，實驗性地又拿著白銀針往蠍毒上戳了一下。

「住手！」賽勒神色痛苦地按了按腦袋。

「難不成這其實是你的蠍毒？」榭汀故意旋轉著白銀針。

「我叫你住手——」賽勒咬牙，聲音開始冷峻起來，他的蠍子們從衣領裡爬竄出來，蠢蠢欲動。

「等等，都給我冷靜下來！你們這群血氣方剛的臭小孩！」絲蘭出面阻止，他命令道：「榭汀、柯羅，把銀針放下！」

「為什麼？因為你又和針蠍們在串通什麼嗎？畢竟你有過不良紀錄……」柯羅低聲說。

要不是當初絲蘭偷渡了訊息給針蠍們，他們不需要這樣大費周章地替丹鹿解毒。

「並沒有！」絲蘭狠瞪了柯羅一眼，一副在看白痴的表情。「我會把賽勒帶來這裡，是因為他能夠幫助你們的小矮妖教士。」

丹鹿一臉不可置信地翻了個白眼，他已經放棄糾正別人了。

「他能夠幫助我們？」榭汀停下了動作，看著一臉不悅的賽勒朝他們走來。

「對，叔叔都告訴我了，朱諾那傢伙不只下了蠍毒，還攪亂了寵物教士的腦對吧？」賽勒一臉自在地走到榭汀和柯羅身旁，取下了插在蠍毒上的白銀針。

柯羅一副很想拿白銀針刺對方的模樣，但這次被榭汀拉住了。

「這樣舒服多了。」賽勒鬆了口氣，他扭扭頸子，再看向丹鹿：「竄改記憶是個狡猾的巫術，即便你們把蠍毒清乾淨，他還是把自己留在了教士的腦子裡。我必須說，朱諾這招還挺聰明的……」

「你的兄弟只是個不要臉的王八蛋！」柯羅說。

賽勒只是聳聳肩：「當然這點我也不否認。」

「先別說這些廢話，你說你可以幫我們？」榭汀問。

「對，當然。」

「怎麼幫？」

「朱諾擅長的巫術是下毒和操控，入夢和竄改記憶這種巫術他只學到皮毛而已，真正擅長這種巫術的，是我。」賽勒指了指自己。

「除了已經滅亡的魘羊家外，針蠍家是次二擅長入夢和幻覺的家族，而賽勒確實是目前巫族裡最擅長這種伎倆的男巫，這點我可以保證。」絲蘭說。

這也是為什麼從前他和蘿絲瑪麗最不喜歡待在賽勒這小子身邊的原因，他們時常要花費力氣去辨認遇到的各種情境是不是幻覺。

「如果你們想要把教士的記憶糾正回來，我可以幫你們。」賽勒說。

全場陷入沉默，榭汀和柯羅面面相覷，萊特則是好奇地盯著這位有過一面之緣的短髮男巫看，隨後問了一個在場的人都想知道的問題：「但你為什麼要幫我們？」

賽勒對著金髮教士微笑。

「就像我說的，我是來談生意的，所以當然不是無條件地『幫』你們。」賽勒說：「我有交換條件。」

「你想要我們幫你什麼？」榭汀問：「少管你們巫魔會的閒事？還是乾脆要求教廷讓你們變成合法集會？」

「喂，你們可不能趁著大學長不在，私自和流浪男巫達成什麼協——」格雷正要跳出來說話，絲蘭隨手用手杖敲了下地板，暗金髮色的教士便摔入地上忽然出現的大洞，消失不見。

「你把學弟送去哪裡了？不會是西伯利亞吧？」卡麥兒一臉緊張地看向她的男巫。

「不，只是某個快樂的天堂而已。別擔心，我等等就接他回來。」絲蘭說謊了，是西伯利亞沒錯。

在格雷莫名其妙地掉落在西伯利亞的平原上並瑟瑟發抖時，黑萊塔內的條件交換持續著。

「不，如果只是小事，我才不會特地跑來這裡一趟。」賽勒看著榭汀，他說：「我的交換條件是——我幫你把教士的記憶糾正回來，你幫我動個小手術。」

「小手術？」

「對，分靈手術。」賽勒說。

CHAPTER

10

分靈手術

「分靈手術？那是什麼？」萊特不解地歪著腦袋。

「分靈手術，就是字面上的意思——用來切割靈魂的手術。」柯羅說。

「有些人進行分靈手術來害人，有些人進行分靈手術來續命，分靈手術的作用很多，但很少有人願意進行這種手術，因為一不小心，可能就會讓靈魂破碎，進而死亡。」榭汀接話。

「但這種手術對祖先以巫醫為業的暹貓家族應該沒什麼難處，我聽說蘿絲瑪麗以前就替人動過不少類似的手術。」賽勒說：「要動這種手術，你們是最值得信賴的人選。」

「問題是……你為什麼需要分靈手術？你想要對誰進行分靈手術？」榭汀問。

「我，還有我的兄弟。」賽勒再度指著自己：「我希望你將我們兩人的靈魂分開。」

「為什麼？」萊特再問。

「就是因為這個。」賽勒指了指桌上的蠍毒。

被困在玻璃器皿裡的蠍毒不安地竄動著，即便在賽勒到來後也沒有消停，因為賽勒看著蠍毒的眼神也是同樣的惡毒。

「總之，我想我們之間現在應該不是敵對，而是合作的關係——放輕鬆點吧，放下銀針，然後所有人坐下來喝杯茶，好好聽我解釋。」賽勒臉上帶著職業性的微笑。

榭汀替賽勒倒了杯熱茶。

「你要不要乾脆順便吃個午餐好了？」柯羅雙手環胸，皮笑肉不笑。

「如果你們有準備的話。」賽勒舒服地坐在椅子上喝茶，聳聳肩道。

「所以……因為你們共享一個靈魂，朱諾可以感受到的疼痛，你都可以感受到？」先不管柯羅和賽勒間的劍拔弩張，榭汀放下茶壺，靠在桌邊問。

絲蘭緊握著自己的權杖插話：「雙胞胎巫族共享一個靈魂，就像暹邏魚一樣，我曾聽過這個說法，而且我相信這個說法就是來自——」

「歐琳安德，我們的母親，那位蛇蠍心腸的女巫。」賽勒看向絲蘭。

「沒錯，她是這麼說過，但我以為這只是個傳說而已。」絲蘭說。

女巫誕下雙胞胎這種事並不常見，針蠍家是特例，她們很常產下雙胞胎；但凡有雙胞胎被誕下，通常一個會特別早夭，所以他們從沒機會仔細研究雙胞胎長大後的狀況。

賽勒和朱諾算是特例中的特例。

他們是幾百年來唯一順利長大成人的雙胞胎巫族。當針蠍女巫歐琳安德剖腹誕下賽勒與朱諾時，他們甚至是同時被取出的，完全不分先後，所以也沒有哥哥與弟弟的區別。

「這不是傳說，我們確實共用一個靈魂。只是在朱諾離開並到處闖禍前，我還沒意識到這件事有多麼嚴重。」放下茶杯，賽勒翹起了二郎腿。

「離開？朱諾不是一直在你身邊協助巫魔會的事嗎？我以為這件事情是你們

一起搞出來的。」榭汀指著丹鹿說。

「我才不會浪費時間做這麼無聊的事，如果你們的教士落到我手裡，我大概不會留他活口。」賽勒的眼神讓丹鹿打了個顫。「朱諾某天就忽然離家出走了，連個紙條也沒留。一開始我還以為他是在跟他的寵物鬼混，所以也沒太在意，直到最近這些莫名其妙的傷痕開始出現在我身上。」

賽勒挽起袖子，他的手腕上有一道很深的疤。

「我說過，我們共用一個靈魂，朱諾身上會出現的傷痛，我身上也會。」賽勒又將袖子放下，「我發現朱諾最近時常搞一些會傷身的巫術，這已經嚴重影響到我的生活了。你們能理解半夜醒來，忽然發現自己血流如注，或忽然無法呼吸的感覺嗎？」

賽勒又看向榭汀和柯羅，眼神頗有責怪意味：「又或者是話說到一半，忽然被浸到滾燙的熱水和凍死人的冰水裡，再被燒紅的白銀針戳刺的感覺。」

柯羅沒回話，只是挑釁地再次露出了夾在指間的白銀針。

「蘿絲瑪麗對你的猜測是對的，她曾跟我說過，她認為幫助朱諾的另有其人。」榭汀說。

蘿絲瑪麗甚至精準地預測到了，如果主事者是賽勒，他的手段會更極端。

「確實，我曾派出信使們去跟蹤朱諾，我發現他是跟著其他男巫一起行動的。」賽勒說。

「你有沒有看到是誰？」柯羅問。

「我只知道其中一名是位沒看過的變形者，另一名我還來不及看到容貌，我的信使就被發現了。」賽勒說。

「變形者……我好久沒看到變形者了，這很有意思。」絲蘭哼了幾聲，似乎在打量著什麼。

「我們應該去查查這些人是誰。」柯羅說。

萊特注意到柯羅說話的同時，正緊緊地握著拳頭。

「當然，但那絕不是現在的首要任務——」榭汀看向賽勒，他繼續原先的話題：「你要我幫你做分靈手術，是想停止這種雙胞胎間的『共感』？」

「是的，一旦分靈手術成功，我和朱諾就會正式成為兩個靈魂、兩個個體，以後發生在他身上的事，就不會發生在我身上。這可以維持我的生活品質，也可以保證如果哪天朱諾不小心惹上大麻煩被殺了，我還能活得很好，而不是缺手斷腳。」賽勒微笑。「這樣一來，你們要怎麼虐待鞭打他的蠍毒也就和我沒有關係了，這是雙贏。」

「喂！你好歹是朱諾的兄弟，你一點也不在乎他的死活嗎？」丹鹿忍不住替朱諾說話，他不敢相信賽勒竟然對從小一起生活到大的兄弟這麼無情。

「我並不是完全不在乎。」賽勒面無表情地說：「不然我老早用另一個方法分開我和我兄弟的靈魂了。」

「什麼方法？」丹鹿皺著眉頭問，總覺得賽勒的答案他不會喜歡。

「像是拿把刀捅進他的心臟裡之類的。」賽勒微笑，語氣像在闡述一件稀鬆平常的事，表情則瞬間變得冷酷。「不過……這麼做太麻煩了，我沒有百分之百的勝算，殺害兄弟也會為針蠍家招來惡名，所以除非萬不得已，這只會是備案。」

結果從頭到尾，賽勒還是不在乎他的兄弟。

「為什麼你們之間會變成這樣……」丹鹿不解，明明朱諾是和自己最親近的人，為什麼自己卻想不起來朱諾是怎麼和賽勒鬧翻的？

朱諾或許提過幾次，但具體內容到底是什麼？丹鹿努力地回想著，原本鮮明的記憶卻忽然變得相當模糊，他的腦袋像當機的電腦，整個熱了起來。

「鹿、鹿學長！」萊特瞪大眼看著丹鹿，因為兩行鼻血正從他的鼻子裡冒出。

「啊，不要去認真回想那些虛假的記憶，不然你的腦袋會和氣球一樣炸開喔。」賽勒提醒丹鹿，沒事般地又拿起熱茶喝了一口。

「這是怎麼回事！」榭汀抽出手帕就往丹鹿鼻子上捂。

「巫術的副作用。我說過這種竄改記憶的巫術很狡猾，如果你們強逼他想起真正的記憶，或是試圖證明他現在的記憶是假的，他就會下意識地去思考假記憶的真實性。這時候為了避免他想起來，這種巫術很可能會乾脆炸掉他的腦子。」賽勒說。

「什、什麼？」丹鹿腦袋一片混亂，鼻血流得更厲害了。

「冷靜點，先什麼都不要想。」榭汀按住丹鹿的腦袋。

「你要我怎樣不想我腦子會爆炸這件事啊！」丹鹿痛哭流涕：「我、我還這麼年輕……我人生還這麼長……連女朋友都沒交過……」

「反正也交不到。」榭汀翻了個白眼，緊捏住丹鹿的鼻子，命令道：「現在數貓，給我從一數到一億零八千隻。」

「為什……」

「數！」

「一隻貓、兩隻貓、三隻貓——」丹鹿邊哭邊按照著榭汀的話數貓，鼻血真的暫時止住了。

賽勒在一旁好整以暇地喝著茶、吃著點心，在榭汀不悅的視線再度瞪過來時才開口：「如何？我提出的這筆生意是不是很划算？提供我分靈手術，我提供你們解決教士記憶的方法，保證他腦子不爆炸。」

「萬一是個陷阱怎麼辦？」柯羅還是不太信任紅髮男巫。

「但我們還有其他選擇嗎？」榭汀看了眼不停數著貓的丹鹿，也只能賭賭看了。他看向賽勒：「我同意幫你動分靈手術，但有個前提——你必須先把我的教士治好。」

賽勒看了眼榭汀，又看了眼丹鹿，他點點頭妥協：「沒有問題。」

「那好！成交！」聞言，萊特率先對賽勒伸出手。

賽勒看著眼前的金髮教士，對方少見的亮晶晶髮色和友善態度讓他有些遲疑，但他最後仍向對方伸出手。

「成交。」賽勒看著自己被萊特大力甩動的手，他眨眨眼：「那事不宜遲，我們現在就開始吧？」

一片黑暗，溫室裡只剩燭光和某些本身就會發光的花朵。

「現在……是要做什麼？」丹鹿緊張地吞了口唾沫，他被迫躺在蠟燭圍成的陣術中，而榭汀、萊特和柯羅則分別坐在蠟燭間，把他圍在圓圈裡。

賽勒一手端著蠟燭，一手拿著一根粗長的黑針在他們之間穿梭著。

絲蘭和卡麥兒站在最外圍，小仙女手裡很罕見地拿了把獵槍。

「學姐，妳手上那把獵槍不是用來打我的吧？」丹鹿陷入一陣恐慌。

「你數到第幾隻貓了？」榭汀問。

「……第五百二十隻？」

「很好，繼續數，大人的事情小老鼠先不要管。」

「我不是什麼小老──」

「快數！不然我叫貓咪出來了！」

「五百二十一隻貓、五百二十二隻貓……」

轉移了丹鹿的注意力後，榭汀看向正在調整蠟燭位置的賽勒。

「你應該知道小仙女手上的那把獵槍是對準誰的。」榭汀提醒賽勒。

「真是的，我還以為我們獲得共識了。」賽勒臉上的表情波瀾不驚，他看也沒看榭汀或卡麥兒手上的槍一眼，而是專心地將最後一根蠟燭擺好。

「這只是必要的預防手段，希望你不要介意。」榭汀平靜地說著。

即便賽勒解釋了這麼多，也提出了很有說服力的理由和交換條件，對於黑萊塔的男巫們來說，賽勒依舊是個危險又陌生的存在。答應賽勒的條件並未經過上級同意，他們也不能確定賽勒是真心想幫他們還是另有詭計，還是小心點為妙。

如果賽勒圖謀不軌，卡麥兒的獵槍瞄準的會是他的腦袋——

然而賽勒似乎早有預料，一副不在意的模樣。

「好，除了兩位『監護人』外，其他人都就定位了嗎？」擺好最後一根蠟燭後，賽勒在他們之間緩慢地走動。

榭汀和萊特點了點頭。

「接下來，要安全地矯正寵物教士的記憶，請照我的話進行所有步驟。」賽勒的腳步停在榭汀正前方，「我將會引導你們進入寵物教士的記憶裡，就像當初朱諾對他做的那樣。」

「我以為你會直接幫我們糾正丹鹿的記憶。」萊特說。

「不，清洗寵物教士的回憶不是這樣進行的，他的記憶已經被朱諾竄改了，沒辦法按個按鈕就重新洗掉。我們現在要做的，是把朱諾竄改掉的回憶再改回來。」賽勒揹著手說。

「再改回來？」

「是的，而且必須要你們親自去改。」賽勒低頭看向榭汀，「首先是你，畢竟你是最主要被竄改掉的人。等你進入寵物教士的回憶後，你必須去尋找所有你們之間的回憶，然後重新將自己代入那段回憶裡。」

「什麼意思？」榭汀問。

「就像是演戲一樣，你必須再重現一次當時你和寵物教士互動的場景。」賽勒說。

「那我呢？」萊特問。

「你說你並沒有被竄改掉，但你和寵物教士的幼時回憶裡被安插了一個朱諾是吧？」賽勒問。

萊特點點頭。

「你的情況比較不同，你的任務是找出那些幼時回憶，然後在不打擾你們那些快樂時光的情況下，把混雜在裡面的朱諾揪出來。」賽勒想了想，又看向榭汀：「事實上，你們都必須先做這個步驟。」

「不只是重新覆蓋丹鹿的回憶就好？」榭汀問。

「不，沒這麼簡單。」賽勒露出玩味的笑容：「你們接下來所到的每個回憶裡都會有個朱諾在，除了確保原本的回憶被蓋回來，你們還必須清除掉這些朱諾，他才是真正的毒。」

「那要怎麼做？」

「關於這點，等你們進入回憶裡後，我會告訴你們怎麼做；但在這之前，有幾個大原則我希望你們先記住——」賽勒首先看向榭汀：「第一、不要脫稿演出，你可以即興，但千萬不能與原本的回憶劇本相差太遠，不然寵物教士的腦袋可能會炸掉。」

然後他再看向萊特：「第二、如果是幼時回憶，確保幼時的回憶按照當年的回憶進行，千萬別讓他發現你的存在，不然寵物教士的腦袋一樣會炸掉。」

「第三、你們有時找到的回憶可能不是真的回憶，而是寵物教士自己做過的夢或幻想，這個時候無視就好，找扇門，繼續前往下一個場景——如果是夢或幻想的話，被他發現是沒問題的，你們想做什麼都可以。」

「怎麼分辨真實回憶或夢或幻想？」萊特問。

「我不知道。」賽勒聳聳肩，「我跟他不熟，你們比較了解他，你們才會知道。」

「你說得也太籠統了。」柯羅翻了個白眼。

「比如說，當你們發現在這個場景裡，寵物教士忽然變得又高又壯，或是發現他騎著獨角獸在空中飛翔，那麼就是幻想或夢，而不是回憶。」賽勒又說。

「不切實際或毫無邏輯的場景是嗎？」榭汀哼了聲。

「是的。」

「還有什麼要提醒我們的嗎？」萊特問。

「第四、不要反過來被回憶裡的朱諾殺了，把你們送進來又送出去很麻煩。還有，寵物教士的腦子可能還是會爆炸或留下心理陰影。」賽勒微笑。

看來似乎不管怎樣，只要一不小心，丹鹿的腦袋都會炸掉。

萊特吞了口唾沫。

「大原則就是這些，請牢記在心。」賽勒邊說，邊拿出手巾擦拭著手上尖銳的黑針，那根黑針看起來就像蠍子尾巴上的針刺一樣。

「現在要幹嘛？」柯羅一臉懷疑地看著賽勒。

「施行這個巫術需要幾個步驟，其中有些比較親密的行為──」賽勒忽然皺起眉頭，轉過身問：「你們身上沒什麼病吧？」

榭汀和柯羅，甚至包含萊特在內都皺起了眉頭。

「什麼意思？」

「因為我們要交換血液。」賽勒一邊說，一邊走到榭汀面前，要他伸出手。

「我們很健康，問題是你呢？」榭汀遲疑了僅僅兩秒而已，他看了眼丹鹿後，將手交給賽勒。

賽勒輕輕握著榭汀的手，又快又狠地用黑針往他指尖上刺了一下。待榭汀的手指冒出血珠後，賽勒彎下腰來，直接把對方的手指含進了嘴裡，用舌頭捲掉上面的血液。

萊特看見貓先生整個人打了個不舒服的冷顫，彷彿汗毛都要炸開了。

待賽勒把榭汀的血水吞進去後，他起身用黑針往自己的手指上也刺了一下，然後將帶血的指尖湊到榭汀嘴邊。

「我很毒喔。」賽勒笑瞇了眼，在對方的臉色變得鐵青之後才又說：「開玩笑的。」

榭汀不悅地深吸了口氣後，還是湊上前，將對方手指上的血液舔掉。

「乖貓咪。」

在榭汀炸毛前，賽勒已經走向了萊特，並向他伸出手。

萊特照做了，被黑針刺到的感覺比想像中還痛，賽勒在吸吮他的手指時還咬了他一口。萊特覺得自己可能被性騷擾了——又或者是對方純粹看他不順眼而已。

萊特也被迫嘗了口賽勒的血液，針蠍的血液嘗起來苦苦甜甜辣辣的，有點像加了辣椒的感冒糖漿。

「乖狗狗。」萊特得到了這樣的稱呼。

最後是柯羅。

「你是局外人，必須最小心謹慎，盡量把自己藏起來。」賽勒提醒，他要柯羅伸出手。

柯羅雙手環胸，死活不願意交出手的樣子。

賽勒挑著眉問：「你到底是要去還是不要去？如果你不去也無所謂。」

柯羅看了眼榭汀和萊特，他其實並不用跟著入夢，但若是只有榭汀和萊特兩個人，他們可能要花更多時間去矯正丹鹿的記憶。而且，他也不放心讓萊特一個人在丹鹿的腦子裡亂闖……

掙扎再三，最後柯羅還是妥協地伸出了手和舌頭，並得到了一個讓他差點氣到原地核爆的稱呼。

「乖小雞。」

雞、雞你老師啦雞！

當然，柯羅的粗話沒來得及說出口，賽勒已經含著他們的血液走向了還在數貓的丹鹿身邊。

「八百三十四隻貓、八百三十五——」當賽勒來到他的面前，丹鹿停止了數貓的動作，他看著賽勒半蹲半跪地在旁邊。

「親愛的夢遊者，我將邀請入夢者進入你的夢境裡、幻想裡以及回憶裡，你將敞開大門邀請他們入內。」賽勒將雙手按到了丹鹿的雙頰上，「聽見了嗎？夢遊者，我數到三，你將閉上眼，墜入夢鄉與回憶之中……一、二、三。」

丹鹿只覺得賽勒的雙眼在黑暗中散發著詭異的紅光，讓他感到天旋地轉。接著賽勒伸出了他帶血的豔紅舌頭湊近丹鹿，昏眩中，丹鹿感覺到自己的臉頰被咬了一下，只是他還沒來得及尖叫，整個人就失去了意識。

「你們每次都一定要咬他的臉嗎？就沒有別的……」榭汀不滿地抱怨著，但話還沒說完，放倒了丹鹿的賽勒忽然起身轉向他，然後又說了一遍。

「一、二、三。」賽勒一個響指，榭汀倒下。

「喂你——」

「一、二、三。」

接著倒下的是柯羅。

最後賽勒看向萊特，萊特又吞了口唾沫。

「只要你倒下，我毀滅黑萊塔男巫的邪惡計謀就成功了。」賽勒笑瞇了一雙眼。

「什、什麼？」萊特一臉慌亂。

「你小心點，賽勒，麥子不只是近身武術全學年第一名。」絲蘭在旁邊低聲警告，他身旁的卡麥兒舉起獵槍對準了賽勒。

賽勒看著槍口吐了吐舌，接著再度看向萊特：「開玩笑的。」

這真的不是個好笑的笑話。萊特才剛這麼想著，賽勒在他面前打了個響指，

「一、二、三。」

沒有預警的，萊特眼前一黑，直接斷線。

「祝好夢。」

完全失去意識前，他聽到針蠍耳語。

「你敢吐到我身上你就完蛋了！不准、不……啊啊啊噁心死了！」亞森甩著他的動物皮毛，狼臉嫌惡地看著被他丟在浴室地板上的朱諾。

原本還好好的朱諾突然出現呼吸困難的症狀，他的肌膚燒紅發燙，身上還不對冒出熱氣，亞森原本還以為是吸食白鴉葉的副作用——

「嘔嘔嘔嘔——」朱諾痛苦地在地板上掙扎，不停地嘔出滾燙的熱水。

亞森傷腦筋地看著眼前的麻煩精，這看起來不像是白鴉葉的副作用。

幾秒鐘後，肌膚上開始出現燙傷的朱諾又忽然變得渾身死白，他開始顫抖，牙齒打顫，而這次吐出的是參雜著碎冰的冷水。

「很惡毒的反向巫術呢，看來有人超恨你的。」亞森蹲下來看著朱諾，在旁邊好整以暇地說：「我倒是覺得不意外呢。」

「閉、閉嘴——嘔嘔嘔嘔——」朱諾的身體因為寒冷而刺痛著，他呼吸不到空氣，無形的冰水從四面八方湧來，灌滿了他的肺部。

「去、去叫瑞文……」朱諾趴倒在地，好不容易才獲得了幾秒鐘的喘息，但下一秒……

「啊啊！」一種尖銳滾燙的疼痛來得又急又快，直接從脊椎傳上腦袋，讓他難以忍受地尖叫著。

看著因疼痛而淚流滿面的朱諾，亞森嘆了口氣，轉頭走出浴室，進到某人的房間裡。

瑞文正躺在潔白整齊的大床上，手裡拿著一顆黑黑的東西在玩拋接遊戲。

「朱諾怎麼樣了？」瑞文問，他輕輕哼著小曲，心情看起來不錯。

「很糟，大概快死了。」亞森坐在床邊看著瑞文。

全身黑的瑞文躺在白色大床上看起來很突兀，但他卻一臉自在的樣子，比起以前任何時候都還來得放鬆。

「沒有你說得這麼嚴重啦。」瑞文笑出聲來，他坐起身，牢牢地把那顆黑黑的東西握在手裡。「我早就警告過朱諾，黑萊塔的那些傢伙可能會找到方法，他遲早玩火自焚——你看，現在火上身了。」

「某方面來說你也算是幫凶吧？」亞森晃了晃尾巴。

「你怎麼這麼說呢！」瑞文責備似地說，很快卻又笑了起來。

「好啦，你到底要不要去幫他？」

「不，再讓他吃點苦吧，他下次就會聽話了。」瑞文躺了回去，又開始把玩起手上的東西。「難得我順道回來一趟，就讓我先沉浸在自己的小世界裡，好好懷舊一下。」

「在陌生人的房間裡要怎麼懷舊？」亞森問。

「這才不是陌生人的房間。」瑞文卻說。

不是嗎？亞森歪了歪腦袋，他看了眼四周，在自己忙著處理朱諾的時候，瑞文似乎正忙著探尋著陌生人的隱私。

這房間裡的所有抽屜都被打開，連衣櫥也被翻過了。

亞森默默地看著被打開的衣櫃，裡面有一排白色的教士服——很明顯這是陌生人的房間吧？

「至少在我離開前——」瑞文忽然接住了手中把玩的東西，語氣變得冰冷：「它本來還是我的房間。」

「喔。」這下亞森知道瑞文為什麼在這個房間裡看起來這麼自在了。

他小心翼翼地觀察著瑞文的表情，有時候真的很難分辨對方當下的情緒，「這就是為什麼你亂翻了教士的房間嗎？」

「我想了解一下占領我房間的到底是什麼人，這不為過吧？」瑞文聳肩，一臉理所當然的表情，「而且你看，我竟然在教士上鎖的抽屜裡發現了這個！」

瑞文將他一直在把玩著的東西展示給亞森看。

亞森看著瑞文手心裡的東西，那是一個小小的黑色烏鴉木雕，木雕上還刻了兩行小字——

遊戲好玩嗎？來找我，兄弟。

永遠記得，媽咪和我，愛你。

「這是——」

「記得嗎？我留在雪松鎮的訊息。」瑞文用拇指磨蹭著黑色的烏鴉木雕，一邊說道：「我就覺得奇怪，訊息留了這麼久，我心愛的小弟怎麼一點反應也沒有，我還以為他早就該暴跳如雷地到處找我了……原來是因為訊息被教士藏起來了。」

提及自己的小弟，瑞文笑得很溫柔。

「教士藏那個東西幹嘛？」亞森問。

「也許就是想阻撓我小弟來找我……那個偷了我房間和小弟的小偷大概怕我再把小弟偷回去。」瑞文聳肩，他危險地瞇起了眼，假裝洩恨似地拍了拍教士的枕頭，但很快被那飄上來的香味吸走了注意力：「喔，香草味，我喜歡。金髮教士的味道倒是滿好聞的。」

看，瑞文喜怒無常。亞森心想。

「那你打算怎麼辦呢？教訓金髮教士一頓？你弟大概會很生氣，我看他跟金髮教士感情滿好的。」

「不知道，我還沒想好，但我會好好考慮的。」瑞文聳肩，語氣像是在計畫接下來要玩什麼遊戲一樣。

「好吧，反正——」

「瑞文！亞森！你們還在磨蹭什麼？快來幫我！」朱諾從浴室裡傳來的痛苦哀號聲打斷了他們的對話。

瑞文和亞森互看一眼，兩人都嘆了口氣。

「再去燒點白鴉葉給他，放進浴缸裡，用熱水沖泡，然後把他像茶包一樣泡進去，那會讓他暫時好過一點。」瑞文命令。

「唉，你真的該付我保母費了……」

「一個吻夠不夠？」

「我才不要那種東西！」亞森邊碎念著邊往浴室走去。

「對了，要確保他不要把我家浴室弄得亂七八糟喔。我們只是順道拜訪而已，要是被我小弟發現，惹得我小弟生氣就不好了！」瑞文在後面大聲提醒著。

亞森不知道有沒有聽進去，尾巴晃了晃後進了浴室。

瑞文無聊地又倒回床上，繼續拋接起黑色的渡鴉木雕。

「或許我該先從認識這個人開始？」瑞文自言自語，躺在熟悉的極鴉宅邸內，金髮教士的大床上，他看著手上的黑色渡鴉木雕輕笑：「萊特．蕭伍德？」

——《夜鴉事典08》完

高寶書版集團
gobooks.com.tw

輕世代 FW332
夜鴉事典 08 —曉伏夜行—

作　　者　碰碰俺爺
繪　　者　woonak
編　　輯　林思妤
校　　對　任芸慧
美術編輯　彭裕芳
排　　版　彭立瑋

發 行 人　朱凱蕾
出　　版　英屬維京群島商高寶國際有限公司臺灣分公司
Global Group Holdings, Ltd.
地　　址　臺北市內湖區洲子街 88 號 3 樓
網　　址　www.gobooks.com.tw
電　　話　(02) 27992788
電　　郵　readers@gobooks.com.tw（讀者服務部）
pr@gobooks.com.tw（公關諮詢部）
傳　　真　出版部　(02) 27990909　行銷部 (02) 27993088
郵政劃撥　50404557
戶　　名　三日月書版股份有限公司
發　　行　三日月書版股份有限公司 /Printed in Taiwan
初版日期　2020 年 5 月
三刷日期　2020 年 6 月

國家圖書館出版品預行編目 (CIP) 資料

夜鴉事典 / 碰碰俺爺著 .-- 初版 . -- 臺北市 : 高寶國際 , 2020.05-
冊 ;　公分 . --

ISBN 978-986-361-821-8(第 8 冊 : 平裝)

863.57　　108022237

三日月書版

三日月書版

GOBOOKS
& SITAK
GROUP©

GOBOOKS & SITAK GROUP©